Ein Winter mit Baudelaire

Harold Cobert, 1974 in Bordeaux geboren, hat Literatur studiert. Nach einem Surfunfall im Alter von zwanzig Jahren begann er zu schreiben. Er ist Theater-, Film- und Fernsehautor und hat in Frankreich unter anderem eine Reihe Essais über Mirabeau veröffentlicht sowie 2007 den Roman *Le Reniement de Patrick Treboc*. *Ein Winter mit Baudelaire* ist sein erstes Buch, das auf Deutsch erscheint.

HAROLD COBERT

Ein Winter mit Baudelaire

Roman

Aus dem Französischen von
Sabine Schwenk

Weltbild

Die französische Originalausgabe erschien 2009 unter dem Titel
Un hiver avec Baudelaire
bei Éditions Héloise d´Ormesson, Paris.

Zitat Seite 7 aus: Charles Baudelaire,
Die Tänzerin Fanfarlo und Der Spleen von Paris,
Diogenes Verlag, Zürich 1977, S. 211-212

Besuchen Sie uns im Internet:
www.weltbild.de

Genehmigte Lizenzausgabe für Verlagsgruppe Weltbild GmbH,
Steinerne Furt, 86167 Augsburg

Übersetzung: Sabine Schwenk
Umschlaggestaltung:
Alexandra Dohse – www.grafikkiosk.de, München
Umschlagmotiv: Verwendung zweier Bilder von
Masterfile, Düsseldorf (© Stellar Stock (Parklandschaft))
Gesamtherstellung: CPI – Clausen & Bosse, Leck
Printed in the EU
ISBN 978-3-86800-994-1

2014 2013 2012 2011
Die letzte Jahreszahl gibt die aktuelle Lizenzausgabe an.

Für sie,
damit man sie nicht mehr ansieht, ohne sie zu sehen.

Für Pascal und seine »kleine Promenadenmischung« Jessica,
ohne die es dieses Buch nicht geben würde.

Ich singe den kotbespritzten Hund, den armen Hund, den Hund ohne Behausung, den streunenden Hund, den Seiltänzerhund, den Hund, dessen Instinkt, wie der des Armen, des Zigeuners und des Komödianten wunderbar geschärft ist durch die Not, die so gute Mutter, die wahre Schutzgöttin der gescheiten Leute! Ich singe die armseligen Hunde, die einsam in den gewundenen Schluchten der unermesslichen Städte umherirren, und sie, die dem verlassenen Menschen mit geistvoll blinzelnden Augen sagten: »Nimm mich zu dir, und aus dem Elend von uns beiden machen wir dann vielleicht so etwas wie Glück!«

Charles Baudelaire, »Die braven Hunde«,
Le Spleen von Paris

Es war einmal

Auf der Straße ist es menschenleer. Dabei ist die Luft noch mild. Die Abende und Nächte bleiben frisch, aber die laue Lichtfülle des Tages klingt immer deutlicher in ihnen nach. Es ist ein Abend im Mai, Anfang Mai, eine zarte Dämmerung.

Der Sonntag neigt sich dem Ende zu. Die Schatten werden länger, sie strecken und räkeln sich in der Melancholie eines Wochenendes, das diesem Vorort mit seinen kleinen Einfamilienhäusern am Stadtrand von Paris den Rücken kehrt.

Aus den halb geöffneten Fenstern dringen Geräusche von Existenzen, die sich täglich kreuzen wie gebrochene Linien, ohne einander über nachbarschaftliche Höflichkeit oder städtische Gleichgültigkeit hinaus jemals wirklich zu begegnen. In wirren Spiralen entweichen sie, wirbeln einen Moment über dem Asphalt und steigen zum Himmel hinauf, um sich dort im dumpfen, erstickten Dröhnen der Stadt zu verlieren. Gesprächsfetzen überlagern die Stimme der Sprecherin der Acht-Uhr-Nachrichten. Gegenüber schleudert eine Waschmaschine brummend die Wäsche der vergangenen Woche. Ein Stück weiter rennen Kinder lachend durchs Wohnzimmer, während die Mutter, über den Küchentisch gebeugt, Alleinsein und Geldnot in einem Glas Wodka ertränkt. Nebenan liebt sich ein frisch verheiratetes Paar. Ein Haus weiter betrügt eine Frau ihren Ehemann, der auf Dienstreise ist. Weiter oben kocht ein Paar, ein anderes streitet sich wegen einer versalzenen Suppe. Ein weiteres isst zu zweit zu Abend, jeder in seine Gedanken versunken, verbunden nur noch in der gemeinsamen Sorge um offene Haushaltsrechnungen.

All diese leise rauschenden Existenzen verschmelzen zu einem dumpfen, wirren Lärm, der nichts als Schweigen ist. In diesem Geflecht aus Geräuschen hört niemand die Schreie einer sich heftig streitenden Familie oder das Ächzen des Gürtels, mit dem ein Mann dem Sonntagsvergnügen einer kleinen ehelichen Züchtigung frönt, oder die Stimme von Philippe, der auf der Bettkante seiner Tochter zärtlich »Es war einmal …« flüstert.

Der Sternenprinz und die Prinzessin der Morgenröte

Claire hat die Augen geschlossen. Ihr Atem geht gleichmäßig und ruhig. Philippe stützt die Hände auf die Knie, steht vorsichtig auf und geht leise auf die Zimmertür zu.

»Papa?«

Philippe dreht sich um, kehrt ans Bett seiner Tochter zurück, streicht ihr sanft übers Haar.

»Schlaf, meine kleine Prinzessin …«

»Noch eine Geschichte …«

»Es ist spät, du hast morgen Schule …«

»Aber … ich bin schon sechseinhalb!«

»Eben drum, ein großes Mädchen wie du braucht Kraft, damit es gut lernen kann …«

»Bitte, Papa …«

Philippe wirft einen Blick zur halb geöffneten Tür, seufzt, setzt sich wieder aufs Bett.

»Also gut, aber nur eine, und zwar eine kurze, sonst schimpft die Mama noch mit mir!«

Mit unterdrücktem Lachen halten sich beide den Zeigefinger vor den Mund und machen »Pst!«.

»Der Sternenprinz und die Prinzessin der Morgenröte!«

»Noch mal?«

»Ja!«

»Aber die habe ich dir doch eben schon erzählt!«

»Papa …«

Philippe sieht seiner Tochter forschend ins Gesicht, in ihre vor Ungeduld glänzenden Augen, und muss lächeln. Kinder lieben es, wenn man ihnen immer wieder die gleiche Geschichte erzählt. Der abgesteckte, vertraute Weg umfängt, umhüllt sie wie eine dicke, beruhigende Daunendecke.

»Na gut …«

Claire nimmt die Hand ihres Vaters.

»Papa?«

»Ja, Prinzessin?«

»Wirst du uns auch nicht vergessen, wenn du weg bist?«

»Was für ein Gedanke! Niemals! Außerdem bin ich ja nur für ein paar Wochen weg …«

»Wie viele?«

Ein angedeutetes Lächeln, dem jede Überzeugung fehlt, huscht über Philippes Gesicht.

»Nicht lang …«

Claire macht einen Schmollmund.

»Ich rufe dich jeden Abend an, um dir eine Geschichte zu erzählen.«

Die Augen seiner Tochter leuchten.

»Versprochen?«

»Versprochen.«

Claire kuschelt sich tiefer unter die Decke und schließt die Augen. Philippe sieht sie durchdringend an, dann beginnt er mit dem Märchen, das ihm seine Großmutter oft erzählt hat, als er so alt war wie seine Tochter jetzt.

»Vor langer, langer Zeit, so will es eine uralte Legende, gab es die Sterne noch nicht. Nachts war der Himmel schwarz wie Tinte. Die Nacht war das Reich der Götter und bösen Geister und für die Menschen tabu. Weil zwischen den Mächten des Himmels und der Hölle ein heftiger Krieg tobte, traute sich nach Einbruch der Dunkelheit niemand mehr aus dem Haus. Niemand, bis auf einen jungen Mann und ein junges Mädchen. Sie liebten sich, aber sie stammten aus zwei verfeindeten Dörfern. Wenn sie zusammen waren, strahlten sie vor Glück, und dieses Licht störte die Dunkelheit und durchkreuzte die Pläne der göttlichen Rivalen. So wurde zwischen den himmlischen und den unterirdischen Mächten ein außergewöhnlicher Waffenstillstand beschlossen. Sie verbündeten sich, um das Liebespaar zu fangen. Die beiden wurden getrennt. Den jungen Mann sperrte man in den Himmel und in die Nacht; das junge Mädchen wurde dazu verurteilt, nur auf der Erde und am Tag zu leben. Der junge Mann weinte so bitterlich, dass seine Tränen kleine, glitzernde Löcher in den Schleier der Nacht rissen, und daraus wurden die Sterne. Durch diese funkelnden Öffnungen suchte er unermüdlich den Erdball ab, um seine Geliebte wenigstens zu sehen. Das junge Mädchen aber stand in der Morgenröte auf und starrte minutenlang, während die Sterne vor dem erbleichenden Himmel erloschen, wie gebannt und ohne auch nur ein einziges Mal zu blinzeln, in die tausend Augen ihres Geliebten. Dann weinte auch sie und bedeckte die Erde mit einer feuchten Tränenschicht, die wir als Morgentau kennen.«

Am Ende der Geschichte angelangt, betrachtet Philippe das schlafende Gesicht seiner Tochter. Er blinzelt nervös.

»Schlaf, meine kleine Prinzessin, die Sterne passen auf dich auf …«

Vorsichtig löst er seine Finger aus Claires Hand, streichelt ein letztes Mal ihr Haar, das sich wirr übers Kopfkissen breitet, steht leise auf und geht aus dem Zimmer.

Auf der Schwelle

Am Fuß der Treppe ein Koffer. Philippe bleibt stehen und wirft einen kurzen Blick darauf. Durch den Türspalt der Küche dringt das Klirren von Besteck, das ins Körbchen der Spülmaschine fällt.

Einen Moment hält er regungslos inne, dann geht er zu Sandrine, die nach dem Abendessen das schmutzige Geschirr in die Maschine räumt. Vom Türrahmen aus beobachtet er ihr Tun, ohne dass sie ihn eines Blickes würdigt.

Sie hatten sich auf einem Fest kennengelernt. Philippe war aus seinem Heimatort Le Havre in die Hauptstadt geflohen und brachte zu dieser Zeit mit Hilfe von unzähligen kleinen Nebenjobs sein Studium zu Ende. Für Sandrine hatte er damals den Reiz des Exotischen und stellte eine Kampfansage an ihre Herkunft dar. Als Tochter aus gutem Hause stammte sie aus Versailles, kam aus einer Familie, in der Abtreibung ein Tabuthema war, und ihre Eltern hatten die Sache zunächst ignoriert und darauf gewartet, dass ihr diese Flausen wieder vergingen. Aber sie war schwanger geworden. In Versailles sah man sich genötigt, den Schein zu wahren: kleine Hochzeit, diskret und überstürzt, minimale finanzielle Unterstützung, die ausschließlich der kleinen Enkelin und nicht dem unerwünschten Vater zugedacht war.

Ansonsten wollte man nichts damit zu tun haben. Zumindest nicht, solange Sandrine auf ihrem Fehler beharrte. Anfangs hatte die junge Frau, die gegen ihren Clan rebellierte, Philippes Kampfgeist bewundert. Doch die Erinnerung an das frühere Leben hatte an ihren Gefühlen genagt. Ihr Alltag und ihr Ehemann wurden ihr immer mehr zur Qual. Es war wie eine Falle, die über dem Ausreißer zuschnappt.

Sandrine schaltet den Geschirrspüler ein. Sein gelassenes Brummen füllt den Raum. Philippe wendet sich ab und lässt seinen Blick durchs Fenster schweifen. Die Bäume blühen.

»Deine Sachen stehen neben der Tür.«

Er sieht sie wieder an. Sandrine zündet sich eine Zigarette an, atmet langsam die erste Rauchwolke aus, geht ein paar Schritte, nimmt sich einen sauberen Aschenbecher. Ihre Absätze klacken auf dem weißen Fliesenboden.

»An deiner Entscheidung lässt sich nicht mehr rütteln? Nicht mal für eine Woche oder zwei?«

Sandrine blickt ihm fest in die Augen.

»Philippe, wir sind jetzt seit drei Monaten geschieden. Ich hatte dir zwei Monate gegeben, um eine Lösung zu finden, aber nichts ist passiert. Ich habe dir noch einen Monat gegeben, immer noch nichts. Ich war mehr als entgegenkommend, findest du nicht?«

»Man merkt, dass du noch nie gezwungen warst, in meiner Situation eine Wohnung zu finden …«

Sandrine seufzt.

»Was?«

»Nichts … Mein Vater hat mich von Anfang an gewarnt …«

Mit bitterem Lächeln schüttelt Philippe den Kopf.

»Dein Vater! Für sein geliebtes kleines Töchterchen war

ich sowieso nie gut genug … Ist er derjenige, der sagt, dass ich Claire am Wochenende nur dann zu mir holen darf, wenn ich eine Wohnung habe?«

Sandrine zieht schweigend an ihrer Zigarette.

»Sag schon, ist er derjenige?«

»Philippe, ich bin müde. Du machst mich müde.«

Sie setzt sich.

»Deine Schlüssel.«

Philippe starrt sekundenlang auf die Hand, die sie ihm entgegenstreckt, dann legt er den Schlüsselbund auf den Tisch.

»Ich werde jeden Abend anrufen.«

Als einzige Reaktion zieht Sandrine wieder an ihrer Zigarette.

»Du kannst verlangen, dass ich eine Wohnung habe, um meine Tochter in angemessener Weise zu empfangen, aber du kannst mich nicht daran hindern, mit ihr zu telefonieren!«

Sandrine atmet den letzten Rauch aus und zerdrückt mit einer schroffen Geste ihre Zigarette.

»Hör zu«, versetzt sie. »Wir beschränken uns von jetzt an aufs absolute Minimum. Hallo und Tschüs, wenn du Claire anrufst. Ansonsten klärst du alles mit meinem Anwalt, okay?«

Sie starren sich an. Philippe dreht sich wortlos um, nimmt seinen Koffer und verlässt das Haus.

Draußen, auf der Fußmatte, bleibt er mit gesenktem Kopf stehen, den Arm nach hinten gestreckt, die Hand an die Türklinke geklammert.

Aus den Fenstern der Nachbarhäuser dringen noch Geräusche. Wie zuvor entweichen sie in wirren Spiralen, wirbeln einen Moment über dem Asphalt und steigen zum

Himmel hinauf, um sich dort im erstickten Brummen der Stadt zu verlieren.

Philippe zündet sich eine Zigarette an und hebt den Kopf. Ziellos streift sein Blick durchs Leere, bis er sich jenseits der kleinen Einfamilienhäuser und Bäume zwischen den Hochhäusern verfängt, die den Blick zum Horizont versperren. Die ersten Sterne zerreißen schon die Dämmerung.

Städtische Randgebiete

Er fährt. Lange. Ohne genaues Ziel. Er folgt den Windungen der Straße und den Zufällen der Abzweigungen.

Er fährt von Vorort zu Vorort. Einer grenzt an den anderen. Was sie trennt, sind nur zwei Schilder, auf jeder Seite der Landstraße eins. Das rechte in Fahrtrichtung verkündet den Namen einer Gemeinde, während das andere auf der linken Seite durchgestrichen ist. Nur an diesen beiden Punkten wird die Grenze sichtbar. Anderswo ist sie nicht wahrnehmbar. Dasselbe diffuse Grau zieht sich über alle Gebäude, hinter deren scheinbarer Einförmigkeit das Stadtbild ein unpersönliches, verzerrtes Gesicht zeigt. Alte Häuser in welkem Stil neben Gebäuden von konturloser Modernität. Überbleibsel von Stadt, die durch Bruchstücke von Industrie- und Gewerbegebieten zersetzt sind. Es ist noch nicht die Hauptstadt, aber auch nicht ganz Provinz. Nur ein Zwischenraum ohne klare Identität.

Er bremst, hält an einer roten Ampel. Es ist Nacht geworden. Die Straßenlaternen werfen gleichmäßige, reglose Lichtstreifen in bleichem Gelb auf die Szenerie, dazu das grelle Blinken einzelner Schilder. Die meisten Fensterläden sind geschlossen. Die Eisengitter vor den Geschäften sind heruntergelassen. Der Rathausplatz direkt gegenüber ist leer.

Außer einigen Autos weit und breit keine Spur von Leben. Nur auf dem Bürgersteig taucht zwischen zwei Schattenflecken verstohlen ein Hund auf.

Die Ampel wird grün. Er fährt los. Am Ende der kleinen Ortschaft, das zugleich den Beginn der nächsten markiert, erhebt sich eine Friedhofsmauer, der einzige greifbare, wenn auch paradoxe Beweis dafür, dass es hier wirklich Leben gibt.

Philippe tritt aufs Gas. Es ist fast Mitternacht.

Mit angezogenen Beinen

Gegen zwei Uhr morgens betritt er ein Hotel der Kette *Formule 1.*

»Guten Abend, haben Sie noch Zimmer frei?«

»Tut mir leid, wir sind voll.«

»Ah ja … Danke.«

Eine Stunde und ein Dutzend Hotels später geht er rauchend auf dem Parkplatz einer Tankstelle hin und her. Es weht ein frischer Wind mit kräftigen, stoßartigen Böen. Er zieht den Kopf ein, verschränkt die Arme vor der Brust, und in dieser gebeugten Haltung läuft er weiter den körnigen Asphalt entlang, bis er schließlich wieder ins Auto steigt. Die Hauptstadt liegt vor ihm, jenseits der Ringautobahn. Einige der großen Gebäude, die den Blick versperren, sind mit Satellitenschüsseln gespickt, die wie Girlanden unter den Fenstern hängen und ihnen eine seltsame Ähnlichkeit mit riesigen, eckigen Weihnachtsbäumen verleihen.

Nachdem er eine weitere halbe Stunde herumgefahren ist, schlägt er die Richtung seines Büros ein. Nach mehreren Runden durchs Stadtviertel parkt er schließlich vor dem Bistro, in dem er manchmal, wenn er morgens noch Zeit hat, einen Kaffee trinkt.

Er steigt aus, öffnet den Kofferraum, dann seine Tasche

und nimmt einen Anzug heraus, den er auf einem Bügel an einen der hinteren Kleiderhaken hängt. Er greift auch nach einem Lederblouson, den er mit in den Wagen nimmt.

Drinnen stellt er den Handywecker auf sieben, die Uhrzeit, zu der die Putzkolonne im Büro einrückt. Dann klappt er die Rückenlehne des Beifahrersitzes so weit nach hinten, dass die Kopfstütze die hintere Sitzbank berührt, legt sich auf den Rücken, mummt sich in den Blouson ein und schließt endlich die Augen. Es ist kurz nach vier Uhr morgens.

Eine Viertelstunde später, wenn überhaupt, richtet er sich wieder auf und reibt sich mit verzerrtem Gesicht das Steißbein. Er blickt auf seine Beine, die er nicht ausstrecken kann. Er dreht sich um, klappt die Rückenlehne der Sitzbank herunter und versucht, die Bank so weit zurückzuschieben, dass er seinen Sitz komplett in die Horizontale bringen kann. Vergeblich. Der Winkel zwischen Rückenlehne und Sitzfläche lässt sich nicht weiter verringern. Es bleibt ein kleiner, unguter Höhenunterschied, der sich an den Lendenwirbeln bemerkbar macht.

Er dreht sich auf die Seite. Trotz der leicht getönten Scheiben wird der Innenraum des Wagens vom bleichen Licht einer Straßenlaterne durchflutet. Er richtet sich wieder auf, greift nach dem Bügel, an dem sein Anzug hängt, und befestigt ihn am gegenüberliegenden Haken, sodass der Schatten genau auf sein Gesicht fällt.

Wieder legt er sich hin, zieht die Beine hoch, schiebt den linken Arm unter den Kopf und schließt die Augen. Nach und nach wird sein Atem langsamer und tiefer.

Plötzlich hallt das Knattern eines frisierten Mopeds durch die Nacht, kommt näher und zerreißt die Stille. Ein schrilles Spektakel.

Er schlägt die Augen auf, seufzt, macht sie wieder zu. Er bewegt seinen Arm, dann die Beine, verharrt, bewegt sich wieder, erstarrt, rührt sich nochmals, reißt sich plötzlich mit einer brüsken Bewegung den Blouson herunter, der ihm als Decke gedient hat, und richtet sich ganz auf. Er streicht sich mit der Hand durchs Haar, über den Hals, das Gesicht, lässt seinen Blick ziellos umherirren.

Ein Auto fährt vorbei. Von den Scheinwerfern geblendet, kneift er die Augen zusammen. Der Wagen bremst ab, wird langsamer, hält an, um in die Querstraße einzubiegen. Während sich das Auto entfernt und nur noch das künstliche Dämmerlicht der Stadt die Dunkelheit stört, bringt er die Rückenlehne des Beifahrersitzes wieder in Normalposition, steigt aus und legt sich, den Lederblouson um den Oberkörper geschlungen, mit angezogenen Beinen auf die Rückbank.

Es ist fast 5 Uhr 15.

Fahler Morgen

Er fährt aus dem Schlaf hoch. Sekundenlang blickt er bestürzt um sich, sinkt dann mit einem tiefen Seufzer zurück. Sein Gesicht ist feucht, klamm von kaltem Schweiß, der die ganze Kopfhaut bedeckt.

Er reibt sich mit der Hand über die Augen. Er sieht abgespannt aus nach dieser Nacht, in der er kaum zur Ruhe gekommen ist. Seine Lider sind noch geschwollen, Zeugen eines fragilen, bedrohten Schlafs. Auf der beschlagenen Windschutzscheibe perlt die Feuchtigkeit eines kühlen Tages. Es ist 6 Uhr 13.

Draußen regt sich fröstelnd die Dämmerung. Im fahlen Morgenlicht wird die Stadt aktiv. Passanten kommen und gehen, betreten und verlassen das Café, huschen mit Tageszeitungen aus dem Kiosk. Angestellte des Supermarktes entladen einen Lieferwagen. Zwei Männer der städtischen Reinigungsbetriebe säubern Bürgersteige und Fahrbahn. Der eine hinten, in einem Kleinfahrzeug, der andere vorn, mit einem Hochdruckreiniger bewaffnet, dessen Wasserstrahl die Abfälle in den Rinnstein befördert und von dort in die Tiefen der Kanalisation.

Er streift sich den Blouson über, steigt aus dem Wagen, überquert die Straße, geht ins Café, stellt sich mit aufgestützten Ellbogen an die Theke. Henry, der Wirt, erkennt ihn und ruft: »He, du bist heute aber früh dran!«

»Hab Arbeit, die liegen geblieben ist.«

Henry sieht Philippe an.

»Siehst aber gar nicht gut aus heute. Alles in Ordnung bei dir?«

»Ich sag dir doch, ich hab Arbeit, die liegen geblieben ist, und außerdem im Büro gerade ziemlichen Druck.«

Henry starrt ihn alles andere als überzeugt an.

»Tjaja, so geht's uns allen. Wir leben in einer komischen Zeit … Was soll ich dir bringen?«

»Einen doppelten Espresso. Und ein Croissant.«

Philippe greift nach der Zeitung und beginnt, die Seiten zu überfliegen, während sich Henry hinter der Theke zu schaffen macht. In der Rubrik »Gesellschaft« handelt ein Artikel von der Schließung der Obdachlosenheime. Der Autor der Reportage erinnert daran, dass die meisten nur von November bis Mai geöffnet sind. Anhand von konkreten Zahlen zeigt er auf, dass im Gegensatz zur vorherrschenden Meinung die Sterblichkeit unter den Obdachlosen im Sommer genauso hoch ist wie im Winter. Zu Beginn der warmen Jahreszeit haben diejenigen, die die Kälte überlebt haben, keine Abwehrkräfte mehr. Alkohol, Hitze, ungeeignete Kleidung und Dehydrierung tun dann ein Übriges, um den angegriffenen Organismus weiter zu schwächen.

Im Anschluss an den Artikel macht ein Infokasten auf besondere Einrichtungen aufmerksam, die das ganze Jahr über geöffnet sind: das *Dorf der Hoffnung*, gegründet im Januar 2007, das aus etwa dreißig Bungalows für Obdachlose besteht, die schon in der Phase der Wiedereingliederung sind, und *Le Fleuron*. Gegründet 1999 vom Malteserorden und der Tierschutzorganisation *30 Millions d'Amis*, ist dieser auf der Seine vor Anker liegende Kahn die erste und einzige Einrichtung, in der Obdachlose – hier »Passagiere« genannt – mitsamt ihren Hunden aufgenommen werden, denen eine kostenlose tierärztliche Untersuchung angeboten wird. Außerdem bietet *Le Fleuron* während der vier Wochen, in denen die »Passagiere« an Bord bleiben dürfen, Beratung zu allen Behördengängen, die der Wiedereingliederung dienen können. Der Umbau eines weiteren Kahns steht kurz vor der Fertigstellung. Dort wird man dreißig Personen, die bereits im Begriff sind, sich dauerhaft in die Gesellschaft wiedereinzugliedern, mehrere Monate lang eine Unterkunft bieten können. »Zehn Prozent der Menschen, die an Bord des Schiffes waren, finden entweder einen Ausbildungsplatz oder einen Job; eine hervorragende Bilanz, wenn man bedenkt, dass nur zwei Prozent derer, die auf der Straße gelandet sind, überhaupt die Voraussetzungen dafür haben, es jemals wieder zu schaffen«, schreibt der Journalist am Ende seines Artikels.

Philippe schaut auf die Uhr: Es ist fast sieben. Er faltet die Zeitung zusammen und trinkt den letzten Schluck Kaffee, der schon kalt ist.

»Wie viel schulde ich dir?«

»Fünf!«

Philippe nimmt seine Brieftasche und klappt die beiden Sichtfächer auf: In dem einen steckt sein Personalausweis, im anderen ein Foto seiner Tochter. Sein Blick verweilt für einen kurzen Moment auf dem lächelnden Gesicht von Claire, dann zahlt er und tritt hinaus in das geschäftige Treiben des Tages.

Intimität

Mit seinem Anzug und dem Kulturbeutel in der Hand betritt er unauffällig die Büroräume der Firma für Wärmepumpen, für die er arbeitet. Er schleicht sich durch die Flure und schlüpft in die Herrentoilette.

Prüfend starrt er sein Spiegelbild an, sieht die Schatten unter den Augen, die eingefallenen Wangen, die Falten. Seine Sorgen und die durchwachte Nacht stehen ihm ins Gesicht geschrieben, verstärkt durch das helle Neonlicht auf dem Weiß der Kacheln.

Er zieht sich bis auf Unterhose und Socken aus, reibt sich mit kaltem Wasser durchs Haar, über Gesicht und Hals. Dann bespritzt er seinen Oberkörper und die Achseln mit Wasser, um schließlich, auf die Zehenspitzen gestellt, sein Glied im Becken zu waschen.

Er nimmt einige Papiertücher, um sich damit abzureiben, aber sie sind zu dünn, sie zerreißen auf der nassen Haut und bilden Kügelchen, die sich zwischen den Körperhaaren verfangen. Missmutig schaut er sich um, schließlich stellt er sich vor den elektrischen Handtrockner, dreht die bewegliche Düse zu sich hin und setzt das Gerät in Gang.

Während er sich noch im warmen Luftstrom die Glieder verrenkt, platzt Mahawa, eine der Frauen aus der Putzkolonne, mit ihrem Wägelchen herein. Beim Anblick des fremden, halb nackten Mannes zuckt sie zusammen und stößt einen leisen, überraschten Schrei aus. Philippe hebt den Kopf. Regungslos und verwirrt stehen die beiden voreinander und starren sich an, erst noch getrennt durch das beruhigende Getöse des Handtrockners. Als er verstummt, greift eine Stille um sich, die Philippe und die Frau endgültig miteinander konfrontiert.

Mit einem verschämten, etwas ängstlichen Lächeln weicht Mahawa zurück. Philippe geht einen Schritt auf sie zu.

»Nein, warten Sie!«

Mahawa erstarrt.

»Seien Sie unbesorgt«, sagt sie mit deutlich afrikanischem Akzent. »Ich habe Sie nicht gesehen …«

»Es ist nicht so, wie Sie denken, absolut nicht … Ich … ich arbeite hier …«

Hastig durchwühlt Philippe seine Hosentaschen, zieht die Brieftasche heraus und findet die Karte mit dem Logo der Firma, auf der sein Foto abgebildet ist. Er hält es Mahawa hin.

»Hier, schauen Sie …«

»Ich glaube Ihnen, ich glaube Ihnen …«

Philippe geht noch ein Stück auf sie zu, nur einen Schritt, um ihr nicht zu nahe zu kommen.

»Nein, wirklich, schauen Sie …«

Mahawa beugt sich vor. Als sie sich wieder aufrichtet, hat sich ihr Gesicht entspannt.

»Sehen Sie?«

»Entschuldigung, ich dachte schon …«

»Das ist doch normal. An Ihrer Stelle hätte ich dasselbe gedacht!«

Die junge Afrikanerin runzelt die Stirn.

»Aber warum …«

»Ich habe die ganze Nacht im Auto gesessen«, erklärt Philippe rasch. »Eine Geschäftsreise in die Provinz … Anstatt erst noch nach Hause zu fahren, bin ich gleich her … Tja …«

Für einen kurzen Moment verweilt Mahawas Blick auf Philippes Ehering.

»Wissen Sie, so wie ich aussehe, wollte ich nicht, dass meine Frau beim Aufwachen einen Schrecken kriegt!«

Philippe und Mahawa lachen der Situation gemäß kurz auf.

»Dann fange ich jetzt mit der Damentoilette an und komme später wieder …«

»Ich brauche nicht mehr lange. Nur noch schnell rasieren, und schon bin ich fertig.«

Mahawa wendet sich zum Gehen.

»Mademoiselle?«

Sie dreht sich um.

»Wenn Sie vielleicht …«

Er deutet mit einer vagen Armbewegung auf den Raum, ohne den Satz zu beenden.

»Ich meine, Sie verstehen schon …«

»Ich sagte Ihnen doch, dass ich Sie nicht gesehen habe…«

Sie lächeln sich einvernehmlich zu. Mahawa verlässt die Herrentoilette.

Wie versteinert steht Philippe da, den leeren Blick auf die Tür geheftet, die sich vor ihm geschlossen hat.

Plötzlich dringt das Geräusch einer Wasserspülung durch die Trennwand zwischen Herren- und Damentoilette. Man hört, wie eine Tür geöffnet und wieder geschlossen wird, kurz darauf Putzgeräusche.

Philippe kommt wieder zu sich, geht ans Waschbecken und fängt an, sich zu rasieren.

Countdown

Kurz nach neun. Im Großraumbüro der Vertreter summt es wie in einem Bienenstock. Vier doppelte Reihen von Neonleuchten beherrschen die Decke des Raums und verbreiten ein Licht wie in einem Operationstrakt. Die fehlenden Trennwände zwischen den Schreibtischen, die in rechteckigen Sechsergruppen angeordnet sind, verhindern jede Form von Privatsphäre und Untätigkeit. Vorne, hinten, links, rechts, immer ist jemand in der Nähe, der ein privates oder geschäftliches Gespräch mithören kann, der sehen kann, wer gerade woran arbeitet oder auf welcher Internetseite sich jemand bewegt. Um ein bisschen Ruhe und Einsamkeit zu finden, muss man hinunter auf die Straße gehen und somit in den Augen derer, die ihren Arbeitsplatz nicht verlassen, eine Pause einlegen. Alles ist darauf ausgerichtet, bloß nicht die Aufmerksamkeit von dem einzigen Ziel abzulenken, das als erstrebenswert und heilbringend gilt: Bestellscheine an die Leute zu bringen. An der hinteren Bürowand erinnert eine große Tafel an die wöchentlichen Zielvorgaben jedes Mitarbeiters, die Tag für Tag, Woche für Woche in einer morgendlichen Zeremonie festgelegt werden, Zielvorgaben wie der Countdown einer unsichtbaren Zeitbombe, die an jedem Knöchel hängt.

Während alle anderen schon emsig arbeiten – Nachfassen, Akquise, Termine vereinbaren –, notiert Philippe verstohlen ein paar Telefonnummern von Hotels, bei denen er für die nächste Nacht anrufen will.

»Na, Philippe, was sitzt du da rum? Träumst du am Montag schon wieder vom nächsten Wochenende?«

Philippe fährt zusammen. Er will rasch die Internetseite auf seinem Bildschirm schließen, aber Stéphane Tascal, der junge, ehrgeizige Leitwolf der Meute, hat sich schon ungefragt auf seinen Schreibtisch gesetzt.

»Hotels? Hat dich deine Frau vor die Tür gesetzt, oder was?«

»Spinnst du? Ich will sie mit einem netten Wochenende überraschen …«

Stéphane schaut sich Philippes Bildschirm genauer an.

»In einem Ibis am Stadtrand? Schöne Überraschung!«

Philippe will etwas erwidern, doch Stéphane kommt ihm zuvor: »Warte, warte, ich hab schon verstanden!«

»Was hast du verstanden?«

»Ein kleiner Seitensprung nach Büroschluss, oder?«

»Nein!«

»Na, komm schon, mir kannst du es doch ruhig sagen … Siehst du deshalb so fertig aus? Machst du es vor der Arbeit, um entspannter in den Tag zu gehen?«

»Nein, ich schwör dir!«

»Immer schön locker bleiben, Kleiner … Ein flotter Abstecher von Zeit zu Zeit hat noch keinem geschadet!«

Angesichts der katastrophalen Wendung, die das Gespräch genommen hat, schiebt Philippe unauffällig eine Hand in seine Jackentasche und wählt auf dem Handy die Festnetznummer seines Bürotelefons, das sofort zu klingeln beginnt. Er entschuldigt sich bei Stéphane und nimmt ab.

»Philippe Lafosse … Ja, Monsieur Markovic, danke für Ihren Rückruf …«

Er hält eine Hand vor das Mikrophon des Telefons.

»Ein Kunde …«, flüstert er Stéphane zu.

Der hebt aufmunternd beide Daumen und kehrt an seinen Schreibtisch zurück.

Philippe setzt sein fiktives Gespräch fort, tut, als notierte er in seinem Kalender einen Termin, legt auf. Als er dann rasch seine Sachen zusammensucht, um zu gehen, hört er plötzlich, wie François, der kaufmännische Leiter, nach ihm ruft:

»Philippe, können wir uns fünf Minuten sprechen?«

Beichtstuhl

Philippe geht durch die Tür, die François hinter ihm schließt. Obwohl es in dem Raum weniger Neonlampen gibt, ist die Beleuchtung unpersönlich und kalt.

»Setz dich.«

»Danke.«

Die Männer nehmen zu beiden Seiten eines großen Glasschreibtischs Platz. Eine Akte liegt vor François.

»Und? Wie geht es dir?«

»Gut.«

»Wirklich?«

»Ja.«

»Heute scheinst du aber nicht gerade in Form zu sein.«

»Schlecht geschlafen. Nichts Schlimmes.«

»Deine Frau?«

»Meine Frau?«

»Ja, wie geht es ihr?«

»Ah … Gut, danke.«

»Und deiner Tochter?«

»Auch sehr gut.«

François lächelt mechanisch und steht auf. Die Hände in den Hosentaschen, geht er zum Fenster und bleibt davor stehen.«

»Du scheinst ein rundum glücklicher Mann zu sein …«

Mit dem Rücken zu Philippe gewandt, macht François eine kurze Pause. Draußen ist der Himmel lavendelblau.

»Warum sind deine Ergebnisse dann so miserabel?«

François dreht sich um und lehnt sich an den Fensterrahmen. Im Gegenlicht ist sein Gesicht kaum zu erkennen.

»Also? Warum?«

»Ich …«

François setzt sich wieder und öffnet die Akte, die auf dem Schreibtisch liegt.

»Vor zwei Monaten ein Minus von zwanzig Prozent, letzten Monat ein Minus von zehn Prozent, das heißt insgesamt ein Absturz von dreißig Prozent. Dagegen haben die meisten deiner Mitstreiter einen kontinuierlichen Aufwärtstrend zu verzeichnen. Unsere Branche erfreut sich eines gesunden Wachstums. Also?«

Ihre Blicke begegnen sich, Philippe schaut sofort weg.

»Philippe, was auch immer du für Sorgen in deinem Privatleben hast, in dieses Büro dürfen sie nicht hineingetragen werden.«

Philippes Blick irrt durch den Raum, bis er sich auf einen Punkt an der Wand heftet.

»Ich werde mich wieder fangen …«

Die beiden Männer sehen sich prüfend an.

»Ich werde die Sache in den Griff kriegen«, beharrt Philippe.

»Das hoffe ich … Vergiss nicht, dass dein Vertrag zum Monatsende ausläuft …«

François klappt mit einem mechanischen Lächeln die Akte zu.

Telefonakquise

Philippe fährt aus dem Schlaf. Beklommen lässt er seinen Blick durchs Zimmer schweifen, dann sinkt er mit einem tiefen Seufzer auf die Matratze zurück. Das helle Licht des Spätnachmittags fällt durch sein Fenster, das zum Parkplatz hin liegt. Stimmen aus einem Fernseher dringen gedämpft durch die Zimmerdecke.

Mehrmals reibt er sich mit der Hand übers Gesicht und schaut auf die Uhr: Es ist kurz nach sechs. Als er nach dem Mittagessen gekommen ist, um seine Sachen zu deponieren, hat er sich eigentlich nur für ein paar Minuten hingelegt und ist eingeschlafen. Er ist also nicht mehr ins Büro gegangen.

Er schiebt die Hände unter den Kopf und wartet, bis sich sein Blick im hypnotischen Weiß der Decke verliert. Die Bilanz dieses Tages, an dem er zum ersten Mal nicht in die eheliche Wohnung zurückgekehrt ist, kann es nicht einmal mit diesem einfallslosen Standardzimmer der Kette *Formule 1* aufnehmen: mehrere Besichtigungstermine für freie Mietwohnungen, aber kein einziger Termin mit einem potenziellen Kunden. Dutzende von Telefonaten und ebenso viele abschlägige Antworten.

»Hallo?«

»Ja, guten Tag, Madame, entschuldigen Sie die Störung, ich würde gern mit Madame Lemaire sprechen …«

»Am Apparat …«

»Guten Tag, Madame Lemaire, wenn ich mich vorstellen darf, Philippe Lafosse, von der Firma PAC …«

»Kenne ich nicht.«

»Wir vertreiben Wärmepumpen, Madame. Haben Sie schon einmal etwas von Wärmepumpen gehört?«

»Ich brauche nichts, danke.«

»Wenn Sie möchten, können wir gern einen Termin ausmachen, um …«

Piep, piep, piep. Dabei hat Madame Lemaire sogar den Ansatz eines Gesprächs zugelassen, und sie hat vor dem Auflegen danke gesagt. In der Regel scheitert der Dialog in einem noch früheren Stadium.

»Ja, hallo?«

»Guten Tag, Monsieur, entschuldigen Sie die Störung, ich würde gern mit Monsieur Fontanel sprechen …«

»Der bin ich.«

»Guten Tag, Monsieur Fontanel, wenn ich mich vorstellen darf, Philippe Lafosse von der …«

Klack.

Manche Gesprächspartner erkennen sofort, dass es sich um Telefonakquise handelt: Die minimale, durchs Headset bedingte Verzögerung, mit der der Vertreter das Gespräch beginnt, reicht bisweilen schon aus. Oft ist die Reaktion radikal und unwiderruflich.

»Hallo? Hallo?«

»Guten Tag, Monsieur, ich …«

Klack. Aus und vorbei.

Anstatt einen Termin zu ermöglichen, kann es auch passieren, dass ein Gespräch ins Absurde abgleitet:

»Hallo, ja bitte?«

»Guten Tag, Monsieur, entschuldigen Sie die Störung, ich würde gern mit Monsieur Maurice sprechen.«

»Das bin ich, Robert Maurice.«

Durchs Telefon hört Philippe das schrille Kläffen eines kleinen Hundes.

»Guten Tag, Monsieur Maurice, wenn ich mich vorstellen darf, Philippe Lafosse von der Firma PAC …«

»Pst, kleine Schlampe! …«

»Wie bitte?«

»Oh, entschuldigen Sie, das war Sharon Stone, meine Hündin … Ich nenne sie kleine Schlampe, wissen Sie, so nennt nämlich Manny, der Boxer, Sharon Stone, ich meine die echte Sharon Stone in *Basic Instinct*… Aber Verzeihung, was haben Sie gesagt?«

Das Kläffen steigert sich.

»Ich störe Sie, Monsieur Maurice, vielleicht ist es Ihnen lieber, ich rufe später noch einmal an?«

»Nein, nein, nein, überhaupt nicht, ich bitte Sie …«

»Ich arbeite für eine Firma, die Wärmepumpen vertreibt, und …«

»Ah, toll!! Wärmepumpen, die sind doch ökologisch, oder?«

»Ja, das auch …«

»Weil … meine Sharon, wissen Sie, die ist nämlich sehr offen für Ökologie, die echte ja übrigens auch … Sie hat ein gutes Gespür für Umweltverschmutzung … Sie ist extrem sensibel, verstehen Sie?«

Was folgt, ist ein halbstündiges Gespräch in dieser Art, bei dem am Ende nicht einmal ein Termin herausspringt, denn Sharon Stone mag es nicht, wenn man sie in ihren Gewohnheiten stört. Aber selbst wenn ein Termin zustande kommt, muss man dann den Kunden auch noch überzeugen, ehe man mit ausgefülltem Bestellschein und einer ersten Anzahlung wieder gehen kann.

Philippe nimmt die Fernbedienung von dem Sperrholzmöbel, das als Nachttisch dient, und schaltet das Fernsehgerät an. Er zappt zwischen den Sitcoms, den Talkshows, den Werbeblocks, den regionalen und landesweiten Nachrichtensendungen mit ihren täglichen Späßen hin und her: Die gesunkene Kaufkraft trifft auf die schwindelerregenden Profite einiger börsennotierter Unternehmen, die Schließung der Obdachlosenheime geht mit dem Beginn der warmen Jahreszeit und der Ankunft der ersten Badegäste an der Côte d'Azur einher, der Hunger in der Welt trifft in Erwartung der sommerlichen Bademode auf die unterschiedlichsten Diäten und als Krönung des Ganzen ein Wetterbericht, der zur Wochenmitte eine Verschlechterung und fast herbstliche Eintrübung voraussieht, Beweis dafür, dass es aufgrund der Klimaveränderung keine Jahreszeiten mehr gibt.

Nach der Ankündigung des Abendprogramms und einem süßlichen Abschiedsgruß des Sprechers schaltet Philippe den Fernseher aus und verharrt für einen Moment mit leerem Blick auf der Bettkante, ehe er aufsteht, seine Jacke nimmt und geht.

Clown in Rotgelb

Philippe stellt sein Tablett ab und nimmt Platz. Das McDonald's-Restaurant in diesem Gewerbegebiet ist für einen Montagabend überraschend belebt. Familien sitzen vor Bergen von Styroporschachteln, zerknüllten Plastikverpackungen und Bechern. Hinter dem Gelächter und munteren Treiben der Kinder sind die Gesichter von Sorgen gezeichnet, die Schultern von Schulden gebeugt. Hier und da sitzen Grüppchen von Jugendlichen zusammen, essen Fritten und Hamburger, trinken Milchshakes, reden laut und stellen eine poröse Selbstsicherheit zur Schau, die von feinen Rissen der Lebensunlust und existenzieller Verunsicherung durchzogen ist.

Im Fenster überschneidet sich Philippes Spiegelbild mit einem durchsichtig umrandeten Aufkleber, der den breit lächelnden, rotgelben Werbe-Clown darstellt.

Während er in stiller Zweisamkeit mit dem regungslosen Harlekin des globalen Kapitalismus zu Abend isst, klingelt sein Handy. Auf dem Bildschirm erscheint der Name »Jérôme«, einer der wenigen Menschen in seinem Umfeld, die es wert sind, als Freunde bezeichnet zu werden. Sie beide haben vor sieben Jahren in derselben Firma gearbeitet, bis der Schwiegervater Jérôme im familieneigenen Betrieb einen höheren Posten anvertraute. Philippe hatte Jérôme, der damals bereits mit seiner jetzigen Ehefrau, Sandrines bester Freundin, liiert war, in der Zeit kennengelernt, als er selbst mit seiner späteren Frau zusammenkam. Da waren sämtliche Jugendfreundschaften schon zerbrochen, verschüttgegangen in der Kluft, die sich durch seine beiden Studienjahre und sein neues Leben aufgetan hatte. In der darauffolgenden Zeit hatte ihn die Vaterschaft stark beansprucht. Zudem hatte er mehrmals den Job gewechselt und deshalb nur einige flüchtige Bürobekanntschaften geknüpft. Diese waren umso flüchtiger geblieben, als sich Sandrine kategorisch geweigert hatte, daran teilzuhaben, während er sich verpflichtet fühlte, sämtliche Freunde seiner Frau diskussionslos zu akzeptieren.

Philippe betrachtet das Display, auf dem bei jedem Klingelton der Vorname »Jérôme« aufblinkt. Er schiebt sich das Handy wieder in die Tasche und isst weiter. Als er fertig ist, sammelt er die zerknitterten Verpackungsabfälle seiner Mahlzeit ein, leert das Tablett und kehrt ins Auto zurück. Rauchend starrt er auf die großen, kastenartigen Hallen des Gewerbegebiets, in dem Tausende von Menschen den langen Stunden ihrer Wochenenden einen Sinn verleihen, indem sie auf Pump konsumieren. Dann nimmt er sein Handy und wählt die Nummer, die noch vor vierundzwanzig Stunden die seines Zuhauses war.

Nach fünfmaligem Klingeln springt der Anrufbeantworter an:

»Guten Tag, hier ist der Anschluss von Sandrine und Claire, wir sind im Moment nicht da, bitte hinterlassen Sie uns eine Nachricht, bis bald …«

Sandrine hat nicht lange gezögert, ihrem Anrufbeantworter, auf dem noch gestern er selbst und seine Tochter zu hören waren, eine neue Ansage aufzusprechen.

»Ja, hallo, hier ist Philippe ... Montagabend, ungefähr viertel nach neun ... Ich ... ich wollte mit meiner Prinzessin sprechen ... Ich hatte versprochen, sie jeden Abend anzurufen ... um ihr eine Geschichte zu erzählen ... Tja ... Ist wirklich niemand da? ... Hallo, hallo? ... Gut, dann versuche ich's auf deinem Handy, Sandrine ... Küsschen, das war Papa ...«

Er legt auf und wählt die Handynummer seiner Frau. Die Mailbox geht sofort an.

»Sandrine, ich weiß nicht, ob du mit der Kleinen unterwegs bist oder ob du dich weigerst, meinen Anruf anzunehmen, aber ... nun gut, ich habe zu Hause eine Nachricht hinterlassen ... Sei also so nett und sag Claire, dass ich sie wie versprochen angerufen habe ...«

Er legt auf, und sein Blick verliert sich für einen Moment in den Schatten der Stadtlandschaft, dann lässt er den Motor an und fährt zu seinem Hotel.

Äußerer Schein

Zehn Tage später, Donnerstag. Mit dem Handy in der Hand läuft Philippe rauchend in seinem engen *Formule-1*-Zimmer auf und ab.

Die zweite Maiwoche ist schon vorbei. Die Hälfte des Monats ist definitiv verstrichen, und immer noch nichts. Dabei hat er sich abgerackert wie kein Zweiter, ist bis spät in die Nacht im Büro geblieben, aber bis auf zwei magere Ausnahmen hat keiner der Kundentermine, die er ergattern konnte, zum heilbringenden Bestellschein geführt. Bis zum Monatsende muss er noch neun Verträge an Land ziehen. Die anderen Verkäufer brauchen nur noch zwei, höchstens drei, von Stéphane Tascal ganz zu schweigen, der schon sechsundzwanzig in der Tasche und seine Zielvorgaben damit längst überschritten hat. Angesichts seines Rückstands hat er angefangen, sich nach Stellenangeboten in seinem Bereich umzuschauen. Was die Wohnungssuche betrifft, so hat er von keiner der sieben besichtigten Wohnungen, für die er seine Unterlagen eingereicht hat, jemals wieder etwas gehört. Genauso wenig wie von seiner Tochter und seiner Ex-Frau, trotz unablässiger Anrufe seinerseits, die in ihrer Häufigkeit schon fast an Belästigung grenzen.

Er drückt seine Zigarette aus und zündet sich eine neue

an. Zum x-ten Mal wählt er Sandrines Nummer. Zum x-ten Mal meldet sich sofort der Anrufbeantworter. Und zum x-ten Mal legt er noch während der Ansage auf, ohne eine Nachricht zu hinterlassen. Ungehalten wirft er das Telefon aufs Bett und verharrt, die Lippen fest aufeinandergepresst.

Im Fernsehen läuft wie zur akustischen Untermalung eine einschläfernde Krimiserie.

Plötzlich klingelt das Handy. Er stürzt hin. Auf dem Bildschirm vier Buchstaben, die das Wort »Mama« bilden. Philippe seufzt, sieht sich um, wiegt das Telefon zögernd in der Hand. Seine Eltern leben noch im Umland von Le Havre, wo auch er seine Kindheit und Jugend verbracht hat. Seit seinem Umzug zum Studium nach Paris, den der Vater damals zutiefst missbilligte und ihm jede finanzielle Unterstützung versagte, hat Philippe in der Hauptsache zur Mutter Kontakt gehalten. Während der beiden Studienjahre ihres Sohns hatte sie sich jeden Tag heimlich etwas vom Haushaltsgeld abgezwackt, um ihm zum Monatsende wenigstens einen kleinen Betrag schicken zu können.

Die vier Buchstaben leuchten noch immer. Schließlich nimmt er den Anruf an.

»Mama …«

»Wie geht es dir, mein Kind? Ich habe gar nichts mehr von dir gehört, ich habe mir Sorgen gemacht …«

»Mama, wir haben doch letzten Samstag erst telefoniert …«

»Du hörst dich bedrückt an, hast du irgendwas?«

»Nein, alles in Ordnung …«

»Ich kenne dich: Wenn du mich nicht anrufst, dann ist irgendetwas nicht in Ordnung …«

»Nein, Mama, wirklich nicht, es geht mir gut …«

»Keine Geldsorgen?«

»Nein …«

»Du würdest es mir doch sagen, oder?«

»Ja, mach dir keine unnötigen Gedanken.«

»Versprochen?«

»Ja, ja, ja!«

»Gut … Und die Kleine?«

»Ich glaube, gut.«

»Wieso glaubst du?«

»Ich habe bis eben gearbeitet und nicht mehr mit ihr telefoniert.«

»Bist du denn nicht zu Hause?«

»Nein, ich bin im Außendienst unterwegs, in der Provinz.«

»Wo denn?«

»Im Süden, in der Nähe von Lyon.«

»Hast du schönes Wetter?«

»Mja …«

»Ach ja? Im Wetterbericht hat es geheißen, es würde dort regnen …«

»Und du, wie geht's dir?«

Worauf Philippes Mutter nach kurzem Zögern beginnt, die Stationen ihres Alltag zu schildern: der Haushalt, die manchmal kränkenden Chefs, ihre Darmprobleme, ihre Gelenkschmerzen, ihr nachlassende Sehkraft, das Leben, das zu teuer ist, der Streit in der Nachbarschaft.

»Und Papa?«

Die gleiche Leier: die Schiffswerften, der Cholesterinspiegel, die Bandscheibenvorfälle, die Gesundheit, die schon vor der Rente ruiniert ist. Und zum guten Schluss die immerwährende Frage:

»Kommst du uns bald mal mit der Kleinen besuchen?«

»Ich weiß nicht, Mama, ich muss im Moment sehr viel arbeiten.«

»Oder liegt es daran, dass deine Frau uns nicht mag?«

»Mama, fang jetzt nicht damit an!«

»Aber es stimmt doch! Wir waren ihr und ihren Eltern doch von Anfang an nicht gut genug!«

»Mama, hör bitte auf! Nicht heute Abend.«

Philippes Abwehr und sein gereizter Ton lenken das Gespräch rasch in eine andere Richtung. Die Mutter monologisiert noch zehn Minuten weiter, bis Philippe das Gespräch abrupt unterbricht: »So, Mama, ich muss jetzt aufhören. Hier liegen noch mehrere Akten, die ich bis morgen früh bearbeiten muss.«

»Pass auf dich auf. Und lass von dir hören.«

»Ja. Grüß Papa von mir.«

Er legt auf und hört sofort seine Mailbox ab. Kein Anruf in Abwesenheit und erst recht keine Nachricht. Er versucht es ein letztes Mal auf Sandrines Handy. Vergeblich.

Draußen ist es Nacht.

Schulschluss

Am nächsten Tag, Freitag, 16 Uhr 45.

In Begleitung ihrer drei besten Freundinnen tritt Claire durchs Schultor auf den Bürgersteig. Die vier Mädchen führen ein lebhaftes Gespräch. Den Schulranzen auf den Rücken geschnallt, zeigen sie tuschelnd mit dem Finger auf andere Schüler und lachen hinter vorgehaltener Hand.

Als Claire der Blick ihres Vaters begegnet, breitet sich ein Lächeln über ihr Gesicht.

»Papa!«

Sie läuft los und wirft sich in seine Arme.

»Wie geht es meiner kleinen Prinzessin?«

Zu seinen Füßen eine große Plastiktüte.

»Was ist das?«

Er zieht einen dicken Stoffhund hervor. Seine Tochter nimmt ihn und drückt ihn an sich.

»Kommst du nach Hause?«

»Nein, Prinzessin. Ich bin nur für ein paar Stunden hier.«

Claire zieht ein enttäuschtes Schnütchen.

»Ist Mama nicht da?«

»Sandrine ist für zwei Wochen auf die Malediven gefahren, in Urlaub.«

Philippe dreht sich um, vor ihm steht Jean-Paul, der Vater seiner Ex-Frau.

»Nach allem, was sie durchgemacht hat«, fügt er hinzu, »ist das ja wohl ganz normal, oder?«

Ein paar Meter hinter ihm die Ehefrau, Marie. Sie begrüßt Philippe mit einer distanzierten Kopfbewegung.

»Hieß es nicht, Sie wären geschäftlich verreist?«, fragt sie ihn mit eisigem Lächeln.

»Ich muss gleich wieder los.«

»Großartig!«, bemerkt Jean-Paul und beugt sich zu seiner Enkeltochter hinab. »Willst du Großpapa nicht begrüßen?«

Claire geht zu ihm und gibt ihm einen Kuss auf die Wange, tut dann das Gleiche bei ihrer Großmutter.

»Haben Sie mit Sandrine telefoniert?«

»Aber natürlich, jeden Tag«, antwortet Marie.

»Natürlich …«

Er wendet sich an Claire.

»Hat Mama dir gesagt, dass ich jeden Abend angerufen habe, zu Hause und auf ihrem Handy?«

Sie schüttelt den Kopf, lächelt ihren Vater dabei dennoch an.

»Bestimmt hat sie vergessen, dieses kleine Detail zu erwähnen«, pariert Jean-Paul in aufgesetzt liebenswürdigem Ton. »In den Ferien vergisst man ja vieles, vor allem Dinge, die einem unangenehm sind …«

»Wann kommt sie zurück?«

»Sonntag!«, verkündet Claire mit lauter Stimme.

Die drei Erwachsenen sehen sich schweigend an.

»So, Claire«, ergreift Marie schließlich das Wort. »Jetzt sagst du Philippe auf Wiedersehen, und dann fahren wir nach Hause, ja?«

Claire geht zu ihrem Vater, der sie in die Arme schließt, sie an sich drückt und küsst.

»Denk immer daran, dass ich dich lieb habe, meine kleine Prinzessin.«

»Ich hab dich auch lieb, Papa …«

»Los, los«, unterbricht Jean-Paul die beiden. »Großmama hat zu Hause Crêpes für dich gemacht …«

Philippe trennt sich von seiner Tochter, die nach der Hand ihrer Großmutter greift. Mit einer verkniffenen Kinnbewegung verabschiedet sich Marie von ihrem Ex-Schwiegersohn und zieht ihre Enkelin hinter sich her. Claire dreht sich um. Philippe lächelt und schickt ihr einen Luftkuss. Dann will er Jean-Paul die Hand geben, doch der wendet sich ab, ohne ihn eines Blickes zu würdigen.

Fassadenlächeln

Montagnachmittag. Philippe gibt dem Makler seine Unterlagen. Der schlägt die Mappe auf und überfliegt alles, um sicherzugehen, dass nichts fehlt.

Das vergangene Wochenende war noch schlimmer als das vorherige. Dem Vorschlag, mit Jérôme, seiner Frau Gaëlla und ihrem fünfjährigen Sohn Victor ins Kino zu gehen, hat er schließlich zugestimmt, die anschließende Einladung zum Abendessen jedoch abgelehnt. Er habe noch eine Menge Arbeit, dringende Sachen. Abgesehen von diesem Treffen und dem Termin für eine 25-m^2-Wohnung, der am Freitagnachmittag stattgefunden hat, ist nichts Bemerkenswertes passiert. Weder gute noch schlechte Nachrichten. Nichts.

»Keine Bürgschaft seitens der Eltern?«

»Ich bin siebenundzwanzig …«

Der Immobilienmakler kreuzt auf einem Formular ein Kästchen an. Das verkrampfte Lächeln, das er Philippe dabei zukommen lässt, ist nichts als Fassade. Obwohl sie leise sprechen, hallen ihre Stimmen durch das leere Appartement.

»Und auch keinen unbefristeten Arbeitsvertrag?«

»Es ist mein zweiter Zeitvertrag im selben Unternehmen …«

Wieder das kommentarlose Schaufensterlächeln.

»Und es sieht alles danach aus, als würde er wieder verlängert …«

Philippes Handy klingelt. Mit hastigen, fahrigen Bewegungen fummelt er es aus der Innentasche seiner Jacke und wirft einen Blick auf den Bildschirm: eine Nummer, die er nicht kennt.

»Und Sie verdienen … den Mindestlohn …«

»Plus Zulagen …«

Philippe schaltet sein Handy aus und schiebt es wieder in die Tasche. In der Stille des Raums ist nur das Rascheln der Papierseiten zu hören, die der Makler umblättert: Fotokopie des Personalausweises, Steuerbescheid, Kontoauszüge, Arbeitsbescheinigung, eidesstattliche Erklärung …

»Was glauben Sie, wann ich eine Antwort bekomme?«

»Wir werden dem Besitzer Ihre Unterlagen zusammen mit denen der anderen zukommen lassen, die Entscheidung liegt dann letztlich bei ihm.«

»Glauben Sie, dass es klappen wird? Ich meine …«

»Normalerweise will er, dass das Gehalt drei- bis viermal so hoch ist wie die Miete. Ihr Gehalt ist ungefähr anderthalb, na ja, fast zweimal so hoch wie die Miete … Eine elterliche Bürgschaft wäre da natürlich ganz klar ein Pluspunkt, aber …«

Er führt seinen Satz nicht zu Ende.

»Aber?«

»Wer weiß?«

Wieder das Kulissenlächeln, gefolgt von einer Geste, die nichts anderes als »Dann begleite ich Sie zur Tür« sagen will.

Beim Verlassen des Aufzugs begegnet Philippe einem jungen Paar mit einer dicken Mappe unter dem Arm. Während er den Eingangsbereich durchquert, hört er, wie die

Frau ihren Begleiter fragt: »Hast du auch den Steuerbescheid meiner Eltern dabei?«

»Ja.«

»Und den Brief mit ihrer Bürgschaft?«

»Ja, ja, ich hab alles.«

Philippe öffnet die Haustür und geht, nachdem er sich eine Zigarette angezündet hat, langsam zu seinem Auto. Im Wageninneren schaltet er das Handy wieder an, legt es auf den Beifahrersitz, startet den Motor.

Als er nach dem Sicherheitsgurt greift, ertönt das Piepen, das eine Nachricht anzeigt. Während er sich mit einer Hand weiter anschnallt, wählt er mit der anderen seine Mailbox an: »Sie haben eine neue Nachricht. Empfangen heute um 16 Uhr 27: »Guten Tag, hier spricht Monsieur Maury …«

Philippe stockt der Atem.

»Ich habe alle Ihre Nachrichten bekommen seit unserem kurzen Gespräch, das jetzt schon über einen Monat zurückliegt …«

Der Anrufer ist der Eigentümer einer der größten Hotelketten, die ihre Filialen an den Autobahnen und Umgehungsstraßen sämtlicher Großstädte in Nordfrankreich betreibt.

»Es tut mir leid, dass ich jetzt erst anrufe, aber ich war in letzter Zeit sehr beschäftigt …«

Nach einer schwierigen Annäherung, die ein riskanter Drahtseilakt zwischen Belästigung und übertriebener Zurückhaltung war, hatte Philippe es geschafft, zwei Minuten lang direkt mit ihm zu sprechen, ohne allerdings einen festen Termin ausmachen zu können.

»Ich habe heute Nachmittag mehrmals versucht, Sie im Büro zu erreichen, aber dort sagte man mir, Sie seien mit einem Kunden unterwegs …«

Wenn es ihm gelänge, Monsieur Maury davon zu überzeugen, seine Hotels mit Wärmepumpen auszurüsten, hätte dies eine Flut von Verträgen zur Folge, die Philippe einen Umsatz bescheren würden, der den wöchentlichen Zielvorgaben eines ganzen Jahres entspräche.

»Ich hatte Ihre Handy-Nummer nicht mehr, deshalb habe ich mit einem Ihrer Mitarbeiter gesprochen, der sie mir dann gegeben hat … Monsieur … Stéphane Tascal, glaube ich …«

Philippes Miene erstarrt.

»Um nicht noch mehr Zeit zu verlieren, habe ich einen Termin mit ihm vereinbart und … werde ihn gleich treffen, am Spätnachmittag …«

»Nein!«

Ohne das Ende der Nachricht abzuwarten, drückt er rasch auf Rückruf.

»Monsieur Maury ist gerade in eine Sitzung gegangen, möchten Sie ihm eine Nachricht hinterlassen?«

»Ich melde mich später noch mal, danke.«

Er wählt Stéphanes Nummer im Büro: Mailbox. Sein Handy: Mailbox. Gerade als er ihm eine Nachricht aufsprechen will, taucht ein Motorradpolizist neben ihm auf und bedeutet ihm, am Straßenrand zu halten.

»Scheiße!«

Philippe schaltet sein Handy aus und leistet der Anordnung des Polizisten Folge.

Wärmepumpen

Hals über Kopf kommt Philippe in das große Büro gestürmt. Mit lautem Krachen prallt die Tür von der Wand ab und schlägt hinter ihm zu. Unter den erstaunten Blicken der Kollegen durchquert er wild entschlossen den Raum. Ohne anzuklopfen, marschiert er in François' Büro.

»Stéphane hat nicht das Recht, das zu tun!«

François erhebt sich und geht ein paar Schritte auf Philippe zu, dessen Stimme durch sämtliche Räume hallt.

»Philippe, beruhige dich, wovon redest du?«

»Du weißt ganz genau, wovon ich rede! Ich arbeite seit über einem Monat daran, diesen Termin mit Maury zu bekommen! Er ist mein Kunde, nicht seiner!«

»Du warst nicht da.«

»Ich hatte einen Kundentermin!«

»Und hast du etwas verkauft? Hast du mir einen Bestellschein mitgebracht?«

»Nein!«

François zuckt mit den Schultern.

»Das ist einfach zum Kotzen! *Ich* mache die Drecksarbeit, und *er* kriegt die Lorbeeren!«

»Maury ist eine große Nummer. Wir konnten es uns nicht leisten, dass er uns durch die Lappen geht.«

»Wer sagt denn, dass er mir durch die Lappen gegangen wäre?«

»Niemand, aber Stéphane macht im Gegensatz zu dir Umsatz.«

Philippe funkelt François schweigend an. Dann sagt er leise, mit zusammengebissenen Zähnen: »Arschloch …«

»Wie bitte?«

»Arschloch!«

François nimmt seelenruhig hinter seinem Schreibtisch Platz. Die beiden Männer funkeln sich an.

»Ich bringe dich vors Arbeitsgericht.«

»Ach ja, und mit welchem Argument? Die Hotelbranche ist nicht mal eine, mit der wir regelmäßig zusammenarbeiten. Welche Ansprüche willst du geltend machen?«

»Ich war sein erster Kontakt.«

»Was willst du, Philippe? Stéphane war einfach schneller als du. So sind nun mal die Gesetze des Marktes, das nennt man Wettbewerb.«

»Das werden wir ja sehen …«

»Da ist nichts zu sehen, Philippe. Dein Vertrag läuft Ende nächster Woche aus. Du hast noch zehn Tage, um deine monatlichen Zielvorgaben zu erreichen, ansonsten …«

Er hebt die Hand und macht eine Abschiedsgeste.

»Und zwar ganz legal …«

Einen Moment lang steht Philippe regungslos, wie angewurzelt vor ihm.

»Den Spaß gönne ich dir nicht: Ich kündige!«

François schlägt leise pfeifend eine Akte auf und tut so, als existierte der andere schon nicht mehr. Verächtlich verzieht Philippe den Mund, mustert seinen Chef angewidert und marschiert aus dem Büro.

Er geht zu seinem Schreibtisch, sammelt seine Sachen ein, hinterlässt seine Kündigung. Die anderen wechseln stumme Blicke. Niemand sagt ein Wort.

Toter Punkt

Hauptverkehrszeit. Die Metro kommt an einem überfüllten Bahnsteig zum Stehen. Es folgt ein absurdes Gerangel, bei dem die hineinstrebenden Menschen die Aussteigenden zurückdrängen. Entnervte Seufzer, Schulterstöße, aufgebrachtes Murren, gequetschte Füße, gezischte Beleidigungen. Auf dem Boden sollen gelbe Linien und Pfeile dafür sorgen, dass der Ein- und Ausstieg der Fahrgäste reibungslos nach dem physikalischen Prinzip der kommunizierenden Röhren vonstatten geht. Dem Herdentrieb haben diese Pfeile jedoch nichts entgegenzusetzen.

Philippe steigt aus dem Waggon und lässt sich vom anonymen Strom der Menge an die Oberfläche spülen.

Draußen ist die Luft lau. Das Licht weich. Bei seinem spektakulären Abgang aus dem Büro hat Philippe auch den Dienstwagen zurückgelassen, ein anderes Fahrzeug besitzt er nicht.

Er läuft. Lange. Ringsum werden die Röcke kürzer, die Dekolletés tiefer. Pullover werden ausgezogen und lässig über die Schultern gelegt oder um die Hüften geschlungen. Ein Hauch von Unbeschwertheit liegt in der Luft, weht über die Straßen und Gehwege, die von Spaziergängern bevölkert sind, eine Sorglosigkeit, die zur wachsenden Leichtigkeit in Sachen Bekleidung passt. Er hat keinen Führerschein mehr. Das Handy am Steuer und der nicht angelegte Sicherheitsgurt haben ihm die Punkte eingebracht, die noch fehlten. Jetzt ist er ein Handelsvertreter, dem das Handwerkszeug fehlt. Es ist ein schöner Abend, der erste in diesem Frühling, an dem man spürt, dass der Sommer naht.

An einer Straßenecke steigt er wieder in die Metro hinab. Ohne auf den Plan zu schauen, nimmt er die Linie in Richtung Gare Saint-Lazare.

Die Stoßzeit ist vorbei. Die Züge kommen in größeren Abständen und werden nicht mehr von einer launischen Menge gestürmt. Klappsitze bleiben frei. Sogar Sitzplätze in den Viererkarrees. Die Fahrgäste sind ruhiger. Die Gesichter nicht mehr so verkrampft und angespannt, nur noch glatt und verschlossen wie Wachsmasken. Die Menschen sind auf dem Heimweg oder gehen aus, um sich mit Freunden zu treffen, ins Kino, Theater, Restaurant zu gehen oder zusammen ein Bier zu trinken. Sie lesen die Zeitung oder ein Buch, hören Musik oder lassen gedankenverloren ihre Blicke schweifen.

Philippe muss dreimal umsteigen, ehe er die Anschlussstelle zu dem Zug erreicht, der ihn aus der Hauptstadt bringen soll. Hin und wieder steigen Obdachlose unterschiedlichen Alters und unterschiedlichster Herkunft zu. Manchmal im Abstand von nur wenigen Stationen. Die Saubersten unter ihnen verkaufen Zeitungen, singen oder machen Musik. Allein oder zu zweit schleppen sie manchmal einen Verstärker auf Rädern hinter sich her und erzeugen ein lautes Durcheinander von wenig melodiösen Tönen. Manche führen eine gut einstudierte Nummer vor, präzise abgestimmt auf die Metrolinie, auf der sie tätig sind. Nach vier oder fünf Stationen, das heißt zwei oder drei Stücken, steigen sie in den nächsten Wagen um. Andere können kein Instrument spielen oder haben einfach nicht mehr die Kraft, auch nur zu versuchen, ihre Mitstreiter auf dem Feld der Barmherzigkeit zu übertrumpfen. Die Litanei des Elends ist immer die gleiche: keine Stütze mehr, unterhaltsberechtigte Kinder, Berufsunfähigkeit, sauber bleiben, im Warmen schlafen, essen, überleben. Oft gelingt es der müden, gebrochenen Stimme nicht, das Kreischen der Räder und Schienen zu übertönen, und sie verliert sich in der allgemeinen Gleichgültigkeit. Andere haben den Punkt, an dem es kein Zurück mehr gibt, schon längst überschritten. Vom Asphalt gezeichnete und vom Rotwein aufgeschwemmte Gesichter, schwielige, vor Dreck starrende Hände, die Sprache ein schmieriges, zusammenhangloses Grummeln, säuerliche Gerüche nach Schweiß und ungewaschenen Füßen, Gerüche, die ekeln und noch lange danach in der Luft hängen. In allen Fällen die gleiche Reaktion: Die Blicke weichen aus, versenken sich in ein Buch, eine Zeitung, die bis dahin noch nicht aufgeschlagen war, MP3-Player werden lauter gestellt, ein verkrampftes, beschämtes Lächeln verzerrt die Gesichter wie ein Bollwerk. Wer toleranter ist oder nicht ganz so abgebrüht, nimmt einen anderen Waggon. Entweder – wenn er die Gefahr noch auf dem Bahnsteig erkannt hat – schon vor dem Einsteigen oder – wenn ihm das lästige Subjekt zu sehr auf die Pelle rückt – an der nächsten Station.

In den Bahnhöfen sind sie zahlreicher anzutreffen, etwa in Saint-Lazare, wo Philippe aussteigt. Größere Menschenansammlungen bieten mehr Möglichkeiten oder zumindest die Hoffnung darauf. Sie sind zahlreicher anzutreffen, aber sie werden auch weniger wahrgenommen. Die auf Uhren und Anzeigetafeln gehefteten Blicke gleiten an ihnen ab, um in banger, blinder Hast einem Termin, einem Taxi, einer Zugverbindung hinterherzueilen.

Philippe hat gerade noch Zeit, sich einen Fahrschein zu kaufen und in letzter Sekunde in den Zug zu springen, hin zu seinem früheren Zuhause im Vorortgürtel. Er betrachtet die Fassaden der mit Graffiti übersäten Häuser, die wie stumme Schreie anmuten. Der Zug ruckelt über die Weichen, bis er an Fahrt gewinnt und die Stadt hinter sich lässt.

Es war einmal

Die Straße ist noch nicht ganz verlassen. Auf einer Wiese spielen die Schatten zweier Kinder Fußball. Die Zigarette rauchende Silhouette eines Mannes bringt den Müll nach draußen. Ein Hund überquert die Fahrbahn. Es ist fast dunkel, die Luft ist lau.

Aus den halb geöffneten Fenstern dringen Geräusche von Menschenleben, die sich täglich berühren, ohne sich zu begegnen. In wirren Spiralen entweichen sie, wirbeln einen Moment über dem Asphalt und steigen zum Himmel hinauf, um sich dort im fernen, erstickten Getöse der Stadt zu verlieren. Gesprächsfetzen verklingen in der Dämmerung. Gegenüber brummt eine Geschirrspülmaschine. Weiter oben wird ein Kosewort in ein verliebtes Ohr geflüstert, weiter unten dem Gefährten eine Beleidigung ins Gesicht geschleudert wie eine Granate oder gemurmelt wie ein befreiendes Gebet.

Philippe schaut sich aufmerksam um. Nichts hat sich verändert, und doch ist alles so anders. Hinter den Fenstern des Hauses, in dem er noch vor zwei Wochen gewohnt hat, ist gerade das Licht angegangen. Es ist 21 Uhr. Sandrine wird Claire gleich ins Bett bringen.

Er nimmt sein Handy aus der Jackentasche und ruft an. Nach dreimaligem Klingeln nimmt Sandrine ab.

»Hallo?«

»Ich bin's …«

»…«

»Wie geht's? Gut nach Hause gekommen?«

»Ich gebe dir Claire.«

Philippe sieht zu den erleuchteten Fenstern seiner Tochter hinauf. Das Geräusch klappernder Absätze, dann die dumpfe Stimme seiner früheren Frau, die den Hörer offensichtlich weit von sich hält, als wollte sie sich nicht damit beschmutzen: »Dein Vater.«

»Papa!«

»Nicht so lange, du hast morgen Schule.«

»Ja, Mama …«

Eine kleine Hand ergreift den Hörer, während sich Sandrines Absätze entfernen.

»Hallo, Papa?«

»Meine kleine Prinzessin! Wie geht es dir?«

»Erzählst du mir eine Geschichte?«

Und Philippe erzählt ihr – ausführlicher als sonst – ihre Lieblingsgeschichte. Als er fertig ist, herrscht Schweigen in der Leitung.

»Bist du noch da, kleine Prinzessin?«

»Papa?«

»Ja?«

»Stimmt es, dass du nie mehr nach Hause kommst?«

»Ich … Wer hat dir das gesagt?«

»Großmama und Großpapa …«

Philippe beißt sich auf die Unterlippe und geht ein paar Schritte über den Asphalt.

»Papa?«

»Ja, meine kleine Prinzessin, ich bin da …«

»Ist das wahr oder nicht?«

Claires Stimme zittert unmerklich. Die von Philippe auch.

»Wahr ist, dass ich immer kommen werde, um dich zu besuchen. Einverstanden?«

Claire antwortet nicht, aber Philippe kann hören, dass sie nickt.

»Und du wirst mich auch besuchen, hoffe ich … Sobald Papa eine Wohnung gefunden hat … Ja? In Ordnung?«

Das gleiche Schweigen, das gleiche zustimmende Rascheln.

»Gut, meine kleine Prinzessin, ich muss jetzt aufhören … Gibst du mir noch mal kurz die Mama?«

»Papa?«

»Ja, Prinzessin?«

»Du wirst immer mein Sternenprinz sein …«

Philippe schließt die Augen, atmet tief ein und aus.

»Ich hab dich lieb, meine kleine Prinzessin …«

Claires Schritte hallen durch den Flur. Dann Sandrines müde, desinteressierte Stimme: »Was hast du ihr jetzt schon wieder erzählt?«

»Was vor allem haben ihr deine Eltern erzählt? Konnten die nicht einfach mal ihre Klappe halten?«

»Hör zu …«

»Also ehrlich, seid ihr alle nicht mehr ganz richtig im Kopf?«

»Oh, das musst du gerade sagen …«

»Wie bitte?«

»Claire kommt langsam in ein Alter, in dem ein Kind Dinge verstehen kann. Sie darf also ruhig alles hören. Meinst du nicht?«

»Scheusale seid ihr … Du und deine Eltern … Scheusale!«

»Du gehst mir auf die Nerven.«

Klack, sie hat aufgelegt.

Philippe ruft sofort zurück. Besetzt. Er versucht es wieder. Besetzt. Er wählt die Nummer von Sandrines Handy. Mailbox.

»Scheiße!«

Angespannt geht Philippe auf dem Bürgersteig hin und her, bis er entschlossen auf sein früheres Zuhause zumarschiert, dann doch wieder stehen bleibt, eine Zigarette anzündet, sich nervös mit der Hand durchs Haar fährt und dabei den Rauch ausatmet.

Er betrachtet die Fenster vor dem Zimmer seiner Tochter. Das Licht dahinter erlischt.

Sekunden später gehen die Straßenlaternen an.

An der Peripherie

Eine Woche lang verlässt er sein Hotelzimmer praktisch nicht. Er hat für zehn Tage im Voraus bezahlt. Wenn er sich nicht gerade mit Lebensmitteln versorgen muss, bleibt er im Bett, um zu zappen, zu schlafen, zu essen, zu zappen, zu schlafen, zu essen, zu zappen. Zu schlafen.

An einem Abend ruft seine Mutter an: »Ich bin's, Mama … Ich wollte nur mal nach dir hören.« An einem anderen ist es Jérôme, der ihm vorschlägt, sich am folgenden Wochenende zu treffen. Er nimmt die Anrufe nicht an, hört nur die Nachrichten ab und löscht sie, ohne zurückzurufen.

Im Zimmer stapeln sich kalte, erstarrte Essensreste, zerquetschte Hamburger-Schachteln, Kartons mit angeknabberten Pizzastücken, angebrochene Chipstüten, Cola- und Bierdosen, leer oder halb voll, zerknüllte Zigarettenschachteln und Kippen, in den Verpackungen zerdrückt. Spät in der Nacht oder sogar erst am frühen Morgen findet er in den Schlaf, steht meist zum Nachmittag hin auf und hindert das Hotelpersonal daran, sein Zimmer zu säubern.

Am Freitag ruft Sandrine an. Philippe geht nicht ans Telefon. Sie hinterlässt eine Nachricht.

»Ich wollte dir nur sagen, dass du deine Handyrechnung und die Bescheinigung über deinen Führerscheinentzug bekommen hast. Na ja, das ist ja jetzt nicht mehr mein Problem. Kümmer dich schnell um einen Nachsendeantrag und sag mir, wohin ich den ganzen Kram schicken soll.«

Philippe zappt weiter. Am nächsten Abend wieder ein Anruf. Er lässt das Handy klingeln, bis die Mailbox angeht.

»Ich noch mal, wegen deiner Post.«

Philippe stellt den Fernseher lauter. Bis vier Uhr morgens zappt er durch Reality-Shows, Polit-Diskussionen und nächtliche Spielfilm-Wiederholungen, bis er in Schlaf versinkt.

Kafkas Epigonen

Montag, später Vormittag. Rasiert, gewaschen und ordentlich gekleidet betritt Philippe das Arbeitsamt des Bezirks, in dem er früher gelebt hat. Mindestens fünfzehn Personen sitzen auf Plastikstühlen, in der Hand ein kleines Stückchen Papier, auf dem eine Nummer steht. Ihnen gegenüber thront eine Frau auf einer Art Barhocker hinter einem Stehpult. Sie liest in einer Frauenzeitschrift. Über ihr, leicht im Hintergrund, zeigt eine digitale Zähluhr die Nummern der aufgerufenen Personen an. Dahinter ein Büro, das durch Trennwände aus Plexiglas in boxenartige Kabinen unterteilt ist.

Philippe geht auf die Frau zu.

»Guten Tag …«

Sie hebt mit fragender, etwas unwirscher Miene den Blick von einer Doppelseite, auf der über die Affäre eines berühmten Schauspielers mit einer Sängerin berichtet wird, die gerade durch eine Reality-Show Berühmtheit erlangt hat.

»Ich würde gern mit einem Berater sprechen, ist das möglich?«

»Ziehen Sie sich da hinten eine Nummer.«

»Dort?«

Als einzige Antwort vertieft sich die Frau wieder in ihre Lektüre.

»Danke.«

Philippe zieht einen Zettel mit der Nummer 74. Er schaut zur Digitalanzeige: 53.

Alle Stühle sind besetzt. Philippe wartet die nächste Nummer ab und nimmt den frei gewordenen Platz. Er sieht sich um. Jeder der Anwesenden hat eine Mappe in der Hand oder auf dem Schoß.

Im Viertelstundentakt kommen Männer und Frauen aus dem Raum hinter der Empfangsdame. Aber der Rhythmus, in dem die Nummern aufgerufen werden, verlangsamt sich zusehends. Philippe schaut auf seine Armbanduhr: Es geht auf Mittag zu.

Endlich erscheint die 74 auf der Anzeige. Rechts daneben verweist ein »H« auf den entsprechenden Schalter. Philippe erhebt sich und geht hin.

Ohne von seinem Computer aufzusehen, bedeutet ihm ein Berater, Platz zu nehmen. Auf seinem Schreibtisch steht ein kleines Schild mit der Aufschrift »Jean-Pierre Trédebeine«. Philippe setzt sich.

»Geht es um eine Anmeldung?«

»Ja.«

Der Berater streckt ihm die rechte Hand entgegen.

»Ihre Arbeitslosenversicherungsbescheinigung?«

»Meine was?«

»Ihre Arbeitslosenversicherungsbescheinigung, um Ihre Akte anzulegen …«

»Aber … ich habe keine!«

»Wie bitte?«

»Na ja …«

Die beiden Männer sehen sich an.

»Sie waren doch bei der Arbeitslosenversicherung, ehe Sie hergekommen sind, oder?«

»Nein …«

»Ah …«

»…«

»…«

»Ich …«

»Sie müssen als Erstes zu der für Sie zuständigen Stelle bei der Arbeitslosenversicherung gehen, damit dort Ihre rechtliche Situation geklärt wird. Dann erhalten Sie eine Arbeitslosenversicherungsbescheinigung, und mit diesem Papier kommen Sie wieder zu uns.«

Einen Moment lang ist Philippe wie vor den Kopf geschlagen.

»Das wusste ich nicht. Ich bin zum ersten Mal arbeitslos …«

Er lächelt mechanisch, dankt seinem Gegenüber und steht auf. Während er sich schon zum Gehen wendet, fragt er noch:»Könnten Sie mir sagen, wo ich da hin muss?«

»Das kommt drauf an: Wo wohnen Sie?«

Philippe gibt ihm die Adresse seines früheren Lebens und bekommt, was er braucht.

Drei Busse und vierzig Minuten später steht er vor dem Gebäude der Arbeitslosenversicherung, die für ihn zuständig ist.

13 Uhr 15, Mittagszeit. Szenerie und Handlungsablauf unterscheiden sich kaum von denen des Arbeitsamtes: eine Nummer ziehen, dann warten, bis sie auf einem Display oberhalb eines offenen Durchgangs erscheint, der zu einem Büro mit abgetrennten Glaskabinen führt. Um diese Uhrzeit ist es auf beiden Seiten des Durchgangs ziemlich leer. Insofern ist die Wartezeit auch nicht kürzer als zu den Stoß-

zeiten, wenn das komplette Personal einem nicht abreißenden Strom von Bürgern entgegentritt.

Eine Dreiviertelstunde später erscheint Philippes Nummer. Dieses Mal erwartet ihn eine junge Frau seines Alters. Sie sieht ausgemergelt aus, wie zerfressen von ihrer bürokratischen Ohnmacht. Nach dem üblichen »Guten Tag, nehmen Sie Platz« zückt Philippe seine letzten Gehaltsabrechnungen.

»Haben Sie den Kündigungsbrief?«

»Ich bin von mir aus gegangen.«

»Aus welchen Gründen?«

»Unvereinbarkeit der Charaktere werden die wohl sagen.«

»Ah … Das ist aber dumm …«

»Warum?«

»Weil es bedeutet, dass Sie keinerlei Ansprüche haben …«

»Wie, keinerlei Ansprüche?«

»Wenn man aus freien Stücken ein Arbeitsverhältnis aufgibt, hat man keinen Anspruch auf Arbeitslosengeld. Nur in manchen Fällen werden willentliche Kündigungen als legitim eingestuft. Zum Beispiel wenn die Kündigung aus anderen als wirtschaftlichen Gründen ausgehandelt wurde, oder wenn Ihr Partner wegen eines Jobwechsels umzieht. Das ist aber nicht der Fall?«

»Nein.«

»Nun ja …«

»…«

»Das ist wirklich dumm. Ihr befristeter Vertrag wäre ja ausgelaufen. Sie hätten einfach nur warten müssen, dass er nicht verlängert wird und dann …«

»…«

»Tja …«

»Aber … ist denn da wirklich nichts zu machen?«

Die junge Frau hebt den Blick zur Decke und lässt ihn suchend über die viereckigen Verbindungslinien der Fliesen schweifen.

»Sie haben zwei Möglichkeiten«, fängt sie nach einem Moment des Nachdenkens an. »In vier Monaten kann Ihnen die Arbeitslosenversicherung auf Ihren Antrag hin Arbeitslosengeld zahlen, aber nur unter der Bedingung, dass Sie in diesem Zeitraum aktiv nach einer Stelle gesucht haben und das auch beweisen können. Ansonsten können Sie auch in drei Monaten bei Ihrem Sozialamt einen Antrag auf Sozialhilfe einreichen. Am besten schreibe ich Ihnen sofort Ihren Ablehnungsbescheid seitens der Arbeitslosenversicherung. Den brauchen Sie, um sich beim Arbeitsamt einzuschreiben, und auch für Ihren eventuellen Antrag auf Sozialhilfe.«

Gesagt, getan: Die junge Frau reicht ihm das Papier. Philippe nimmt es, steht auf und wendet sich zur Tür.

»Viel Glück …«

Er dreht sich um, lächelt mechanisch, geht. Im Wartezimmer erscheint eine neue Nummer auf der Digitalanzeige.

Störung unerwünscht, danke

Zum zweiten Mal an diesem Tag verlässt Philippe das für ihn zuständige Büro des Arbeitsamtes. Es ist kurz nach 17 Uhr. Fast zweieinhalb Stunden nutzloses Warten. Eigentlich hätte er vorher anrufen und mit einem Berater einen Termin vereinbaren müssen, der einige Tage, vielleicht auch erst eine Woche später stattgefunden hätte. Irgendwann zwischen 8 und 12 oder 14 und 17 Uhr außer mittwochs, da schließt das Büro mit Rücksicht auf den schulfreien Tag schon um 12 Uhr 30, und außer an Freitagen, die als Auftakt zum Wochenende schon um 14 Uhr 30 enden, wobei dann natürlich die Mittagspause zwischen 12 und 14 Uhr entfällt. Selbstverständlich hatte es die Frau am Stehtisch nicht für nötig gehalten, ihn zu fragen, ob er einen Termin ausgemacht hatte. Und selbstverständlich konnte der Berater, ein anderer als der, mit dem er am Vormittag zu tun hatte, nichts für ihn tun, obwohl er direkt vor ihm saß. »Da haben wir klare Vorgaben«, erklärte er ihm mehrmals. Nach der telefonischen Terminvergabe hätte Philippe warten müssen, bis ihm eine schriftliche Vorladung zugeschickt worden wäre. Womit sich wieder die drängende Frage nach seiner Adresse stellt, denn solange dieses Problem nicht gelöst ist, kann er keine weiteren Schritte unternehmen.

Es ist also kurz nach 17 Uhr, als Philippe die Räume des Arbeitsamtes verlässt. Im Eiltempo begibt er sich zur nächsten Postfiliale, um zu klären, wie und wohin er sich seine Post nachsenden lassen kann, doch er findet sich vor verschlossenen Türen wieder.

Zurück im Hotel, bittet er den jungen Mann an der Rezeption um seinen Schlüssel. Der tippt etwas in die Tastatur seines Computers, entschuldigt sich mit einem verlegenen Lächeln und verschwindet durch eine Tür hinter der Theke. Nach einigen Minuten kehrt er mit einem Müllsack und einem Koffer zurück, der dem von Philippe auffallend ähnlich sieht.

Begleitet wird er von zwei Sicherheitsleuten und einem Mann um die vierzig mit grau melierten Schläfen und kantigem Unterkiefer.

»Monsieur Lafosse?«, fragt der Mann mit förmlichem Lächeln.

»Ja. Gibt es ein Problem?«

»Es tut mir leid, aber ich muss Sie auffordern, unser Hotel zu verlassen.«

»Das verstehe ich nicht.«

»Im Hinblick auf unsere Gäste können wir Ihr Verhalten nicht länger dulden.«

»Ich … ich sagte Ihnen doch: Ich verstehe nicht, was Sie meinen.«

»Mehrere Gäste haben sich darüber beschwert, dass Sie zu nachtschlafender Zeit fernsehen, und zwar laut.«

»Soll das ein Witz sein?«

»Ganz und gar nicht.«

»Na, hören Sie mal, Sie sind doch ein Hotel und keine Kaserne mit Zapfenstreich und Ausgangssperre!«

»Und über den Zustand, in dem unser Reinigungspersonal Ihr Zimmer vorgefunden hat, möchte ich mich lieber nicht weiter äußern …«

Philippe will etwas entgegnen, aber der Mann mit dem kantigen Unterkiefer kommt ihm zuvor.

»Monsieur Lafosse, zwingen Sie mich nicht, zu unschönen Mitteln zu greifen.«

Er wirft den beiden Sicherheitsleuten einen vielsagenden Blick zu, worauf die Männer mit breiter Brust einen Schritt vortreten.

»Ich habe für zehn Tage im Voraus bezahlt, das können Sie nicht mit mir machen!«

»Hier ist das Geld für die Nächte, die Sie nicht mehr in diesem Hotel verbringen werden.«

Er legt die geschuldete Summe auf die Theke, während der junge Mann von der Rezeption Philippe den Koffer und den Müllbeutel vor die Füße stellt. Philippe starrt den vier Männern nacheinander ins Gesicht, nimmt das Geld, seine Sachen und geht zum Hotelausgang. Die Sicherheitsleute folgen ihm in dichtem Abstand. Philippe bleibt stehen und dreht sich zu ihnen um.

»Okay, okay, okay …«

Die beiden Schießhunde sehen den Mann mit dem kantigen Unterkiefer fragend an.

Philippe geht schweigend weiter. Als die automatische Schiebetür aufgleitet, dringt verstohlen das gedämpfte Dröhnen der Autobahn in den Eingangsbereich des Hotels.

Bahnhofsviertel

Mit seinem Gepäck in der Hand klappert Philippe die Hotels der Peripherie ab. Alle sind voll belegt oder behaupten, es zu sein. In einem so überschaubaren Bereich kennen sich die Geschäftsführer untereinander. Ein Anruf zieht im Nu konzentrische Kreise.

Um kurz nach 20 Uhr steigt Philippe in einen Vorortzug Richtung Hauptstadt. Einige Fahrgäste sehen ihn schief an. Es geschieht ungewollt, und sie verschanzen sich schnell wieder hinter ihren Masken der Gleichgültigkeit. Aber ihr Blick verweilt den Bruchteil einer Sekunde zu lang auf Philippes Müllbeutel, ehe er sich in der Leere einer Fensterscheibe oder dem Alibi einer Landschaft verliert. Als er neben einem dieser Menschen Platz nimmt, will der sofort aufstehen, doch als er merkt, dass Philippe sauber ist und sein Körper keine abstoßenden Gerüche verströmt, besinnt er sich anders und vertuscht die angedeutete Geste, indem er tut, als hätte er sich in der Station geirrt.

Am Bahnhof Saint-Lazare sucht Philippe in den Hotels der Umgebung nach einer Unterkunft. Auch hier hat sein Müllbeutel nicht die beste Wirkung: kein Zimmer frei. In einer kleinen Seitenstraße findet er schließlich auf gut Glück doch noch ein Hotel, das nicht voll belegt ist. Um die skeptischen Falten zu glätten, die Philippes Auftritt dem Inhaber, einem hageren Mann um die fünfzig, auf die Stirn treibt, schlägt er vor, für mehrere Nächte im Voraus zu zahlen.

»Hier«, sagt der Mann, »die 69 … Hübsche Zahl, oder?«

Er lacht.

»Danke.«

Philippe will den Schlüssel nehmen, aber der Besitzer zögert.

»Hatten Sie nicht davon gesprochen, im Voraus zu zahlen?«

»Wie viel?«

»Sechzig Euro.«

Philippe zieht sein Portemonnaie aus der Tasche.

»Für eine Nacht«, fügt der Mann hinzu.

»Das ist mir klar. Kann ich mit Karte bezahlen?«

»Hätten Sie es nicht eher in bar? Na ja, Sie wissen schon …«

»Nicht für drei Nächte im Voraus, tut mir leid.«

»Wie viel haben Sie denn?«

»Ich habe … vierzig Euro.«

»Ah … nicht mal für eine Nacht …«

»…«

»…«

»Am Ende der Straße ist ein Geldautomat, auf der rechten Seite. Sie können ja schnell hin, ich passe auf Ihre Sachen auf.«

Philippe zögert. Die kleinen, tiefliegenden Augen des Besitzers haben sich forschend auf ihn gerichtet. Philippe gibt ihm seine Sachen und geht zur Tür.

»Auf der rechten Seite«, wiederholt der Mann mit zufriedenem Grinsen.

Als Philippe zurückkommt, befindet sich der Hotelinhaber in einer lebhaften Diskussion mit einer stark geschminkten und umso leichter geschürzten Frau, die eine Dose Cherry Coke in der Hand hält.

»Ich warne dich, Tina, wenn ich noch einmal was von deinem Dreckskram finde …«

»Ist ja schon gut, Mann, und jetzt rück den Schlüssel raus!«

»He, was glaubt Pretty Woman eigentlich, mit wem sie redet! Ich bin der Einzige im ganzen Umkreis, der dich überhaupt noch nimmt, also schlag einen anderen Ton an, und zwar subito!«

»Komm schon, du kassierst doch schließlich ne ordentliche Provision …«

Hinter ihr wartet, ohne mit der Wimper zu zucken, ein Mann um die vierzig. Sein Blick wandert zwischen den Wänden, der Decke und seinen Schuhen hin und her. Als der Hotelbesitzer Philippe sieht, beruhigt er sich.

»Also gut, dann los, für dieses Mal drücke ich ein Auge zu. Aber du hast kapiert, was ich dir gesagt habe?«

»Ja, ja, keine Sorge, ich hab dein Geschwafel gehört, ist schon gut …«

Sie nimmt den Schlüssel und verschwindet mit dem Mann, der auf sie gewartet hat. Philippe tritt an die Theke und gibt dem Besitzer das Geld.

»Also ehrlich, ist schon ein Jammer. Da tut man denen einen Gefallen, und sie hinterlassen einen Saustall. Hier, die 69 … Dritte Etage, ganz den Flur runter. Die Toiletten sind am anderen Ende.«

»Danke.«

Philippe nimmt den Schüssel und seine Sachen und steigt die enge Treppe hinauf.

Das Zimmer ist etwa zwölf Quadratmeter groß und hatnicht einmal die Qualität eines *Formule 1*. Die Tapete, deren Farbe irgendwann einmal ein helles Lila mit marineblauen Blumenmotiven gewesen sein muss, zeigt nur noch ein verschossenes, schmieriges Gelbgrau, das mit unregelmäßigen, violetten Kreisen gesprenkelt ist. Auch die Farben der Tagesdecke und des Möbelstücks, das als Nachttisch dient, haben ihre Frische längst verloren. Ein kleiner Verschlag mit einem Waschbecken, über dem eine Neonleuchte hängt, ersetzt das Badezimmer. Auf dem Becken liegen ein Waschlappen, ein raues Handtuch und ein gebrauchtes Stück Seife. Die Wände und Fenster, dünn wie Zigarettenpapier, dämpfen die Geräusche von der Straße und aus den Nachbarzimmern kaum.

Philippe stellt seine Sachen ab, setzt sich auf den Bettrand und verharrt lange regungslos, mit leerem Blick. In der Zeit, als ihn seine Geschäftsreisen gemeinsam mit Jérôme häufig in die Provinz führten, ordnete er diese Art von Unterkünften der Kategorie »Drei-Haare-Hotels« zu; die Negativ-Sterne wurden nach der Zahl der Kopf- oder Körperhaare vergeben, die sie im Badezimmer oder auf der Bettwäsche vorfanden, obwohl das Zimmer gerade gemacht worden war.

Philippe blinzelt, nimmt sein Handy und wählt Jérômes Nummer.

»Hallo, Jérôme, ich bin's, Philippe … Montagabend … Du hast dein Handy ausgeschaltet, recht hast du … Es ist ja schon spät, und der Kleine muss schlafen … Ähm … Tut mir leid, dass ich dich nicht zurückgerufen habe, aber ich hatte in letzter Zeit wirklich zu viel um die Ohren … Wenn du willst, können wir uns nächstes Wochenende sehen, ich hätte Zeit … Oder vielleicht auch mal unter der Woche, abends, wir könnten zusammen was trinken gehen, ich habe in den nächsten Tagen Luft … Tja … Also …. Ich hoffe, dir geht's gut … und den anderen auch. Bei mir ist alles in Ordnung … Ich hab da so ein paar Dinge am Laufen, werd's dir erzählen … Ruf mich an und sag mir, ob wir uns treffen sollen … wenn du kannst … Grüß Gaëlla und den Kleinen von mir … Das war Philippe … Montagabend …«

Er legt auf und schaut auf das Display seines Handys. Er öffnet das Adressen-Menü und geht die Namen durch, deren Nummern gespeichert sind. Auf dem Eintrag »home« hält er inne und betrachtet ihn schweigend, bis das Display erlischt. Er legt das Handy aufs Bett. Starr sitzt er da, mit gesenktem Kopf, sein Blick versunken im staubigen Grau des Teppichbodens.

Er weint.

Postlagernd

Am nächsten Morgen wacht er auf, als es hell wird. Nach den Schreien, den Beschimpfungen, den Nörgeleien, dem ständigen Kommen und Gehen in den Fluren und Zimmern herrscht endlich Stille im Hotel.

Er steht auf, öffnet das Fenster. Auch in der Umgebung ist es friedlich, verglichen mit dem nächtlichen Radau. Die Luft ist so frisch, dass ihm eine leichte Gänsehaut über die Arme läuft.

Lange nimmt er die Stille des anbrechenden Tages in sich auf. Er betrachtet den schmalen Himmelsstreifen zwischen den Dächern und den Gebäuden der Straße. Das fahle Licht der Morgendämmerung ist dabei, die letzten Reste der funkelnden Dunkelheit auszulöschen. Dies ist der Moment, in dem sich der Sternenprinz und die Prinzessin der Morgenröte erkennen können.

Als sich das Blau zu behaupten beginnt, kehrt Philippe ins Zimmer zurück, nimmt ein Blatt Papier und einen Stift aus seiner Umhängetasche, setzt sich aufs Bett und schreibt auf, worum er sich heute als Erstes kümmern muss: »Post, Waschsalon, Job«.

Das Wort »Post« umkreist er mehrmals und geht in den Badezimmer-Verschlag. Vor dem Becken wäscht er sich, so gut er kann, trocknet sich mit dem Waschlappen und dem bretthaften Handtuch ab.

Als er angezogen ist, begibt er sich mit dem Müllbeutel, der seine schmutzige Wäsche enthält, nach unten. An der Rezeption vertritt eine junge Inderin den Mann vom Vorabend. Philippe gibt ihr den Schlüssel.

»Guten Tag …«

Sie antwortet mit einem Nicken und einem kurzen Lächeln.

»Entschuldigen Sie, wissen Sie, wo ich hier einen Waschsalon und eine Post finde?«

»Zum Waschsalon: wenn Sie rauskommen links, dann die zweite rechts. Hat jetzt schon auf. Zur Post wieder hierher zurück, dann rechts und die erste links.«

»Danke.«

»Gern geschehen.«

Während sich seine Wäsche in der Trommel dreht, frühstückt Philippe im gegenüberliegenden Café und lauscht den Gesprächen am Tresen, wo Café-Croissant und Weißwein, Anzug-Krawatte und blauer Overall, Café noisette und Bier friedlich koexistieren: die Krise, die Inflation, die Politik, die Beamten, der Fußball, die Frauen, die Männer, die Frauen und Männer, die Einwanderung, die Globalisierung, die Arbeitslosigkeit, alles wird durchgekaut, begleitet von Scherzen oder Schimpftiraden.

Eine Stunde später, als Philippe gerade seine heiß aus dem Trockner genommenen Sachen faltet, kommt ein Mann um die vierzig mit rotem, von tiefen Falten durchzogenem Gesicht in den Waschsalon und mit ihm ein leichter, aber durchdringender Geruch nach Schweiß, schmutzigen Füßen und ungewaschenen Achseln. Wortlos und ohne Philippe auch nur eines Blickes zu würdigen, stopft er eine der

Maschinen mit Kleidern voll, die er aus einem gelben Wachstuchsack zieht, der vom Schleifen über den Asphalt abgeschabt ist. Dann geht er zum Automaten, an dem man das Waschprogramm auswählt und seine Geldmünzen einwirft. Laut durchpflügt sein Finger das Wechselgeldfach, er brummt vor sich hin und hämmert, als er nichts findet, gegen den Metallkasten, bis er anfängt, in seinen Taschen zu wühlen und seinen Reichtum an Münzgeld hervorzukramen.

»Haste mal 'nen Euro?«

Philippe hebt den Kopf, geht zu ihm und gibt ihm, worum er gebeten hat.

»Haste auch ne Fluppe?«

Philippe zückt seine Schachtel und gibt ihm eine. Der Mann schiebt sie sich hinter das rechte Ohr.

»Noch eine?«

Philippe gibt ihm noch zwei und kehrt zu seiner Wäsche zurück. Der Mann setzt seine Maschine in Gang und legt sich auf eine der für die Kunden vorgesehenen Bänke.

»Diese Dreckskerle, montieren jetzt Sitze in der Metro, man kann sich nicht mal mehr hinlegen!«

Er schließt die Augen und schläft sofort ein. Philippe faltet rasch seine beiden letzten T-Shirts und geht.

Draußen ist es belebter, der Verkehr dichter. Auf den Bürgersteigen drängen sich die Passanten so wie auf den Straßen die Zweiräder, die sich zwischen kreischenden Hupen durch den Stau schlängeln.

Philippe bringt schnell seine Sachen aufs Zimmer und geht zur Post. Nach halbstündigem Schlangestehen, bei dem wieder Nummern gezogen und im Rhythmus der Kaffee- und Zigarettenpausen auf einem Bildschirm aufgerufen werden, nach anschließender Erläuterung und Prüfung seiner Situation erklärt man ihm, die einfachste und einzige

Lösung bestehe darin, den kostenlosen Service zu nutzen, von dem zahlreiche Obdachlose profitieren. Dafür braucht er nur eine Poststelle seiner Wahl als Adresse anzugeben und sich seine Post dorthin schicken oder nachsenden zu lassen, wobei auf dem Umschlag sein Name und der Hinweis »postlagernd« stehen muss.

»Muss ich dafür etwas ausfüllen? Ein Formular oder so …?«

»Nein, nichts. Sie müssen Ihren Briefpartnern nur die Adresse der Poststelle sagen, die Sie ausgewählt haben. Alle an Sie gerichteten Briefe können dorthin geschickt werden, vorausgesetzt auf dem Umschlag stehen die genannten Angaben.«

»Und wenn ich in eine andere Stadt oder einen anderen Stadtteil ziehe?«

»Dann machen Sie genau das Gleiche: Sie geben die Adresse Ihrer neuen Poststelle weiter.«

»Gut … Also dann, vielen Dank.«

Philippe geht. Eine neue Nummer wird aufgerufen.

Draußen, hoch oben am Himmel, schwindet schon der Vormittag dahin.

Kaffee und ein Glas Wasser

Am Nachmittag sitzt Philippe im hinteren Teil eines Cafés, das über WLAN verfügt. Auf seinem Laptop surft er durch verschiedene Internetseiten mit Stellenangeboten. Während er sich online – mit Lebenslauf im Anhang – bewirbt, blinkt das Icon auf, das ihm eine neue E-Mail anzeigt. Er öffnet die Mailbox und findet Sandrines Antwort.

Vor ein paar Stunden hat er ihr geschrieben:

Von: Philippe Lafosse <philippe.lafosse@yahoo.fr>
Gesendet: 27.05.2008 13 : 17 : 23
An: Sandrine Moncin <sandrine.moncin@mail.fr>
Betreff: Neue Adresse

Hier meine Postadresse:
Philippe Lafosse
Postlagernd
Poststelle Paris Saint-Lazare
15, rue d'Amsterdam
75009 Paris
Ich hoffe, es ist alles in Ordnung.
Gib meiner Prinzessin ein Küsschen von mir.
Danke.
Ph

Jetzt antwortet ihm Sandrine:

Von: Sandrine Moncin <sandrine.moncin@mail.fr>
Gesendet: 27.05.2008 15 : 31 : 42
An: <philippe.lafosse@yahoo.fr>
Betreff: Re: Neue Adresse

Zur Erinnerung: Unterhaltsgeld wird ab dem 5. des nächsten Monats von deinem Konto abgebucht.

Philippe liest Sandrines Antwort mehrmals durch, fährt sich mit der Hand nervös durch die Haare und das Gesicht.

»Wollen Sie noch was?«

Philippe zuckt zusammen und sieht zum Kellner hoch.

»Äh … Nein, danke.«

»Langsam sollten Sie schon noch was bestellen, oder Sie machen Platz für Gäste, die's tun. Ich vermiete hier nicht tageweise Stühle.«

»Ja, dann … noch mal das Gleiche?«

Der Kellner schnaubt, räumt entnervt die verklebte Tasse und das leere Glas ab und steuert den nächsten Tisch an.

Philippe vertieft sich wieder in Sandrines Nachricht. Er klickt auf das Fenster seines Internet-Browsers und geht auf die Seite seiner Bank, um sein Konto einzusehen. Lange starrt er auf den Bildschirm, bis er den Blick abwendet und durch den Raum schweifen lässt. Dann wendet er sich wieder dem Computer zu, und sein Gesicht drückt in rascher Folge Zustimmung, Zweifel, Missbilligung und Verzweiflung aus, so als führe er ein stummes Zwiegespräch mit sich selbst.

»Und noch ein Kaffee plus Wasser, bitte schön!«

Mit brutaler Nachlässigkeit stellt der Kellner die Tasse ab. Ein Teil des Kaffees schwappt über und bildet eine Pfütze auf der Untertasse. Ohne Philippe anzusehen, knallt er die Rechnung auf den Tisch und stellt das Glas darauf.

»Wenn Sie die Güte hätten, gleich zu bezahlen, in fünf Minuten werde ich abgelöst.«

Er geht zurück Richtung Bar.

Philippe blickt abwechselnd auf den halb verschütteten Kaffee und den feuchten Kreis, den das Wasserglas auf dem Kassenbon hinterlässt. Er stößt einen verärgerten Seufzer aus, klappt den Laptop zu, sammelt seine Sachen ein, steht auf und verlässt das Lokal, ohne seinen zweiten Kaffee zu bezahlen, geschweige denn zu trinken.

Hinter seinem Rücken hört er den Kellner fluchen: »Idiot!«

Philippe geht den Boulevard hoch, ohne sich umzudrehen.

Nachtruhe zu verkaufen

Nach einem langen, ziellosen Fußmarsch kehrt Philippe ins Hotel zurück. Von seinem Streifzug hat er sich Gratis-Zeitschriften mit Wohnungsanzeigen mitgebracht. Er legt sie auf die Theke und bittet den Hotelbesitzer um seinen Schlüssel.

»Die 69?«

Als er hochgehen will, spricht der Mann ihn an: »Suchen Sie eine Wohnung?«

Philippe dreht sich zu ihm um.

»Jedenfalls etwas zur Miete. Warum?«

»Ich hab da vielleicht was, das Sie interessieren könnte. Haben Sie fünf Minuten?«

Philippe will antworten, aber da klingelt sein Handy. Auf dem Bildschirm erscheint der Vorname »Jérôme«.

»Entschuldigen Sie mich.«

Er tritt ein paar Schritte zur Seite und nimmt das Gespräch an.

»Ja!«

»Tut mir leid, dass ich nicht früher anrufe, aber es sieht so aus, als wäre bei mir in den nächsten zehn Tagen die Hölle los!«

»Ah … Dann wird es also schwierig mit dem Treffen.«

»Nächstes Wochenende schon, da muss ich nämlich zu einer Fortbildung in die Provinz. Aber das Wochenende drauf geht auf jeden Fall!«

»Okay, super.«

»Gut, dann merke ich dich fürs Wochenende vom 7. Juni vor.«

»Schon Juni …«

»Tja, verrückt, wie schnell das geht, stimmt's? Und sonst? Wie geht es dir? Gestern Abend hast du dich ein bisschen bedrückt angehört …«

Der Hotelbesitzer taucht vor Philippe auf und bedeutet ihm, dass er gleich wiederkommt. Philippe nickt, worauf der Mann in dem kleinen Zimmer hinter der Theke verschwindet.

»War nur die Müdigkeit, nichts Schlimmes.«

»Sicher?«

»Ja, ja, mach dir keine Sorgen.«

Irgendwo hinter Jérôme klingelt ein Telefon.

»Gut, Phil, ich muss jetzt aufhören.«

»Okay.«

»Wir telefonieren vor dem Siebten noch mal.«

Jérôme legt auf. Mit einem großen Schlüsselbund in der Hand ist der Hotelbesitzer in Begleitung der jungen Inderin wieder aufgetaucht, die seinen Platz hinter der Theke einnimmt.

»Gehen wir?«

Ein paar Straßen weiter betreten sie ein Gebäude. Nach sechs Etagen Aufstieg durch ein Treppenhaus mit ramponierten Wänden und schiefen Stufen gehen sie durch eine kleine Tür am Ende eines Flurs und erklimmen eine weitere, sehr enge Treppe. So gelangen sie in den siebten Stock, in einen langen, verschlungenen Flur mit niedriger

Decke und einer Unzahl von kleinen Türen, durch die die unterschiedlichsten Küchengerüche, Kindergeschrei und Gesprächsfetzen in fremden Sprachen dringen. Vor einigen dieser Türen stehen Gaskocher, mit Küchenabfällen gefüllte Plastiktüten oder übereinandergestapelte Schuhe.

Sie bleiben vor einer Tür stehen. Der Hotelbesitzer rasselt mit seinem Schlüsselbund.

»Versailles ist es nicht gerade, aber was zählt, ist doch das Dach über dem Kopf, oder?

Sie betreten ein Mansardenzimmer, das bis auf wenige Abstriche wie ein exaktes Pendant des Hotelzimmers aussieht. Die gleichen Maße, wenn auch mit weniger Rauminhalt, pockennarbige, alte Steinwände. Der gleiche spartanische Komfort – Eisenbett, Matratze, Nackenrolle, Laken und Decken –, das Waschbecken allerdings in einer Zimmerecke direkt in die Wand eingelassen, dazu an einem Nagel ein rechteckiger Spiegel von der Größe eines Papierbogens.

»Die Toilette?«

»Auf dem Flur. Wollen Sie sehen?«

»Warum nicht …«

An einer Flurecke führt eine kleine Tür zu einem Stehklosett.

»Und das ist noch nicht alles …«

Der Hotelbesitzer klappt einen an der Wand befestigten Lattenrost herunter und klemmt ihn auf der Toilettenwanne fest. Triumphierend deutet er auf einen Duschkopf, der aus der Decke ragt.

»Die Dusche!«

Sie gehen zurück in das Zimmer. Philippe schaut aus dem Fenster, das zum Innenhof des Gebäudes hin liegt.

»Wie viel?«

»Siebenhundert pro Monat, Nebenkosten inklusive.«

Philippe nickt mechanisch.

»Das ist der Marktpreis, wissen Sie …«

Philippe geht ein paar Schritte durchs Zimmer.

»Vermutlich ohne Mietvertrag?«

Der Hotelbesitzer lacht auf.

»Warum nicht gleich mit Bezahlung per Dauerauftrag, wo wir schon dabei sind!«

Philippe ringt sich ein schmales Lächeln ab.

»Das heißt also auch keine Kaution?«

»Das ist der Vorteil.« Die rechte Hand aufs Herz gedrückt, fügt der Hotelbesitzer hinzu: »In unseren Kreisen zählt ein Ehrenwort …«

»Ich werd's mir überlegen.«

»Natürlich, kein Problem! Aber warten Sie nicht zu lange, vielleicht bis morgen oder höchstens übermorgen. Die Nachfrage ist nämlich groß …«

Sie gehen zurück in den Flur. Der Hotelbesitzer schließt die Tür ab.

»Ach übrigens, Sie hatten doch weiterhin vor, das Zimmer im Voraus zu bezahlen, oder?«

Philippe sieht ihn verdutzt an.

»Ich … ja, wenn Ihnen das lieber ist …«

»Dann wäre es gut, wenn Sie Ihre drei nächsten halben Tage heute Abend bezahlen könnten.«

»Aber … ich habe Ihnen doch gestern Abend hundertachtzig Euro gegeben!«

»Ebendrum.«

Philippe runzelt die Stirn.

»Moment mal, es waren doch sechzig Euro pro Nacht, oder?«

»Ja, pro *Nacht*.«

»Was soll das heißen, ›pro *Nacht*‹?«

»Nun ja, es gibt schließlich auch noch den Vormittag und den Nachmittag. Mit Ihren Sachen drin kann ich das Zimmer nicht anderweitig nutzen. Und ich bin leider nicht die Heilsarmee, bei mir muss die Kiste laufen!«

Die beiden mustern sich.

»Überlegen Sie's sich, und dann geben Sie mir Bescheid«, sagt der Hotelbesitzer schließlich mit einem kurzen Lächeln und einer Geste zur Tür des Zimmers, die er gerade abgeschlossen hat.

Im Süden geht die Sonne unter

Am nächsten Tag findet Philippe, nachdem er von morgens bis abends mit seinem Koffer und seinem Computer durch die Straßen und Viertel der Hauptstadt gestreift ist, an der Porte d'Orléans endlich ein Standardhotel einer großen Kette, in dem es noch freie Zimmer gibt, vierzig Euro die Nacht, Frühstück inklusive, mit Badezimmer, Toilette und sogar einem Fernseher.

Nach einer ordentlichen Dusche zappt er vom Bett aus ein paar Minuten lang durch die Programme und wird rasch vom Schlaf übermannt.

Am nächsten Morgen begibt er sich zur nächsten Poststelle und verständigt sich mit dem Schalterbeamten darauf, dass seine Briefe bis zum Monatsende von einer Postlagerung zur nächsten nachgesendet werden, was ihm Zeit gibt, »seine Adressanten über diese neuerliche Adressenänderung zu informieren«.

Am frühen Nachmittag findet er ein Café mit WLAN, in dem man sein Bleiben toleriert, ohne ihn unter Druck zu setzen, etwas zu bestellen. Man bietet ihm sogar einen Tisch in unmittelbarer Nähe einer Steckdose an, damit er seinen Computer anschließen kann. Zwischen Online-Bewerbungen auf einige Stellenangebote schickt er Sandrine eine lapidare E-Mail, um ihr seine neue Adresse mitzuteilen, die zweite innerhalb von zwei Tagen.

> Von: Philippe Lafosse <philippe.lafosse@yahoo.fr>
> Gesendet: 28.05.2008 15 : 28 : 57
> An: Sandrine Moncin <sandrine.moncin@mail.fr>
> Betreff: Neue neue Adresse
>
> Philippe Lafosse
> Postlagernd
> Poststelle Porte d'Orléans
> Place du 25 Août 1944
> 75014 Paris

Die Antwort ist prompt und ebenso lapidar:

> Von: Sandrine Moncin <sandrine.moncin@mail.fr>
> Gesendet: 28.05.2008 15 : 29 : 32
> An: <philippe.lafosse@yahoo.fr>
> Betreff: Re: Neue neue Adresse
>
> Okay.

Die zehn Tage, die ihn noch von dem Wochenende trennen, an dem er mit Jérôme verabredet ist, verrinnen in einem ruhigen, gleichmäßigen Rhythmus, der fast zur Routine wird: Frühstück im Eingangsbereich des Hotels, Gang zur Post, um vorliegende Briefe abzuholen – in der Hauptsache Rechnungen und das Einschreiben mit dem Formular 48SI, das seinen Führerschein für ungültig erklärt –, Zeitungslektüre bei einer Tasse Kaffee, je nach Wetterlage auf einer Terrasse oder drinnen eingenommen, zum Mittagessen ein Sandwich in einer Grünanlage oder einer Einkaufspassage, Jobsuche oder Nachhaken bei den Stellen, für die er sich bereits beworben hat, Spaziergang, schnelles Abendessen im Stehen, später Kino oder Fernsehen. Wenn seine Mutter anruft, um sich nach ihm zu erkundigen, nimmt er nicht ab, sondern ruft zurück, wenn sie auf der Arbeit ist, und hinterlässt beruhigende Nachrichten.

Parallel dazu gelingt es ihm sogar, einige Vorstellungsgespräche für Tätigkeiten als Verkäufer oder Vertreter zu ergattern. Und so beginnt der große Bewerbungs-Marathon zwischen Personalreferenten, Personalchefs und Psychologen aller Arten mit ihren verwirrenden, gewollt raffinierten Fragen:

»Sind Sie eher der Typ Bademantel oder Handtuch?«

»Einfarbige oder gemusterte Socken?«

»Waschen Sie sich mit oder ohne Waschlappen?«

»*Insel der Versuchung* oder *Derrick*?«

Nicht zu vergessen die vielen Fragen und unausgesprochenen Zweifel, die seine Adresse natürlich heraufbeschwört. Und schließlich die vage Antwort:

»Wir rufen Sie an.«

Zur Entspannung begibt sich Philippe von Zeit zu Zeit ins Quartier Montparnasse und geht in die Fnac auf der Rue de Rennes. Er kauft nichts, sondern schlendert stundenlang durch die Abteilungen, hört sich Auszüge aus neuen CDs an, blättert in den aktuellen Bestsellern, vergleicht die verkaufsfördernden Angebote einer Welt, in der sogar die Kultur auf Pump zu haben ist: »Zahlung in fünf Raten«, »Zahlung in zehn Raten«, »monatlich zehn Euro für ein Jahr« …

Als er eines Nachmittags in der Kinderabteilung auf gut Glück das Inhaltsverzeichnis eines Sammelbands von Volksmärchen überfliegt, fallen ihm fast die Augen aus dem Kopf: *Der Sternenprinz und die Prinzessin der Morgenröte* lautet eine

Überschrift. Er schlägt das Kapitel auf und liest die Geschichte, um die er so oft angebettelt wurde und die er so oft erzählt hat, zum ersten Mal in Worte gefasst, die nicht seine sind. Es ist eine aufwendig illustrierte Ausgabe, ein teures Buch. Er nimmt es und reiht sich in eine der Schlangen ein, die zu den Kassen führen. Alle sind geöffnet und die Männer und Frauen, die dort für einen reibungslosen Ablauf sorgen sollen, fertigen im Akkordtempo Kunden ab, dennoch staut es sich. Mitten in der Woche drängen sich in der Fnac die Menschen wie an einem verregneten Samstag im Herbst. Philippe sieht sich um. Die wenigsten halten nur einen Artikel in der Hand. Die meisten warten mit vollen Armen. Alles in allem wird massenhaft eingekauft. Die Frau vor ihm hat nicht weniger als drei Romane, vier CDs und zwei DVDs ausgewählt.

Als er an die Reihe kommt, gibt er dem Kassierer das Buch und stellt sich vor das kleine Kartenlesegerät.

»Haben Sie die Fnac-Karte?«

Philippe schüttelt den Kopf, und der Kassierer gibt auf seiner Tastatur rasch etwas ein. Die zu zahlende Summe erscheint auf dem Bildschirm des Lesegeräts.

»Wenn Sie bitte Ihre Karte einschieben und Ihren Pin-Code eingeben würden?«

Das tut Philippe. Ein paar Sekunden verstreichen, dehnen sich in die Länge. Der Kassierer beugt sich über das Gerät, zieht Philippes Karte heraus und reibt damit kräftig über seine Hose.

»Nicht schlimm«, sagt er, »kommt schon mal vor.«

Er gibt Philippe die Karte zurück und bittet ihn, noch einen Versuch zu starten. Wieder ohne Erfolg. Nun versucht der Kassierer ein zweites Mal, den Magnetstreifen auf der Karte seines Kunden zu aktivieren.

»Haben Sie vielleicht noch eine andere Karte?«

»Nein …«

In der Schlange recken sich die ersten Hälse, um zu sehen, was die Ursache für den unerwarteten Stillstand ist. Einige werfen schon entnervte Blicke auf ihre Armbanduhren oder seufzen verärgert.

»Hier. Könnten Sie es noch einmal versuchen?«

Das tut Philippe. Nach ein paar Sekunden ein Knacken, und die Kasse spuckt endlich den kostbaren Beleg aus.

»Vielen Dank.«

Philippe nimmt seinen Einkauf entgegen, holt sich an der Empfangstheke ein Geschenkpaket und schafft es trotz dieser unerwarteten Verzögerung noch knapp vor Schalterschluss zur nächsten Poststelle, um seiner Tochter das Buch zu schicken. Ehe er es in den Umschlag schiebt, knickt er die Ecke der Seite um, auf der die Geschichte beginnt, die er ihr so oft erzählt hat, und schreibt neben die Überschrift: »Dein Papa, der dich lieb hat und an dich denkt.«

Philippes Bemühungen bleiben vergeblich. Obwohl er kämpft wie ein Löwe, immer mehr Blindbewerbungen schreibt und ständig bei den Firmen nachfragt, auf deren Stellenangebote er in den vergangenen Tagen reagiert hat, bleiben die Antworten aus, er bekommt nicht einmal Absagen. Und als er sich um einfache Jobs als Bedienung bemüht, sogar bei Quick oder McDonald's, erklärt man ihm, alle Stellen seien besetzt oder er sei für diese Art von Arbeit überqualifiziert.

Am Tag nach dem Vorfall in der Fnac hebt Philippe Geld ab, um das Hotelzimmer zu bezahlen und bis zum Wochenende, an dem er mit Jérôme verabredet ist, seinen Alltag zu bestreiten.

Einen Tag vorher ruft Jérôme ihn an: »Bleibt es dabei, dass wir uns morgen sehen?«

»Aber klar doch!«, antwortet Philippe.

»Sollen wir am frühen Nachmittag ins Kino gehen?«

»Super.«

»Treffpunkt also wie letztes Mal, gegen eins, und dann suchen wir uns einen Film aus?«

»Perfekt!«

Am Tag X frühstückt Philippe im Eingangsbereich des Hotels, schaut bei der Poststelle vorbei, wo kein Brief auf ihn wartet, trinkt noch einen Kaffee und liest dabei die Zeitung. Die zwei Euro zwanzig zahlt er mit seinem letzten Zehn-Euro-Schein. Zusammen mit dem Wechselgeld und den Münzen, die er noch hatte, bleiben ihm fünfzehn Euro und dreizehn Cent.

Ehe er ins Hotel zurückgeht, macht er an einem Automaten halt, um für den Kinobesuch am Nachmittag etwas Geld abzuheben. Das Wetter ist schön, es verspricht ein sonniger Tag zu werden, ideal, um nach einem guten Film auf einer Terrasse etwas zu trinken. Er schiebt seine Karte ein, tippt den Code, verlangt vierzig Euro und einen Beleg. »Bitte warten Sie, wir befragen Ihre Bank«, erscheint auf dem Bildschirm. Philippe streicht sich mit der Hand durchs Haar und sieht sich um. In einiger Entfernung spielen zwei Kinder Fußball. Es ist nicht so voll auf den Straßen wie an einem normalen Vormittag in der Woche. Etwas Träges liegt in der Luft, endlich ein bisschen Zeit für sich.

Schließlich setzt das beruhigende Knacken des Automaten ein. Philippe streckt automatisch die Hand aus, um die

Scheine herauszunehmen, doch stattdessen trifft es ihn wie ein Schlag. Auf dem Bildschirm stehen wie in Stein gemeißelt die schicksalhaften Worte: »Auszahlung verweigert. Karte eingezogen.«

Freundschaft über alles

Philippe zieht die Tür seines Zimmers hinter sich zu. Im Flur kommen und gehen die Zimmermädchen mit ihren Wagen, auf denen sich Putzmittel, Handtücher und Bettwäsche stapeln.

Im Erdgeschoss übergibt er dem jungen Mann am Empfang seinen Schlüssel und zahlt mit dem Geld, das er für diesen Zweck auf die Seite gelegt hat.

»Ich hoffe, Sie waren zufrieden?«

»Ja, sehr.«

Der junge Mann gibt in die Tastatur seines Computers einen Druckauftrag ein.

»Hier, Ihre Rechnung.«

»Danke.«

»Ich habe zu danken.«

Philippe geht durch den Eingangsbereich und tritt hinaus ins laue Tageslicht. Es ist Mittag. Der Tag verspricht rundum angenehm zu werden.

Er geht zur Gare Montparnasse. Dort nimmt er ein Schließfach – vier Euro für achtundvierzig Stunden –, verstaut seinen Koffer und seine Laptop-Tasche darin. Dann spaziert er durch das Viertel, in dem er sich mit Jérôme, seiner Frau Gaëlla und ihrem Sohn Victor verabredet hat. Er kommt an den Theatern und Sex-Shops der Rue de la Gaîté vorbei, geht dann zurück zum Boulevard du Montparnasse und der Rue de Rennes. Die Terrassen sind brechend voll mit Menschen, die allein, zu zweit oder in kleinen Grüppchen an Tischen sitzen, vor sich Salate und schmackhaft belegte Sandwichs, begleitet von einem Fläschchen Wein, einem Bier oder einer Halbliterflasche Mineralwasser.

Zum Mittagessen begegnet er wieder dem rotgelben Clown mit dem eingefrorenen Lächeln. Er nimmt zwei Hamburger – zusammen ein Euro neunzig –, die er auf einer Bank in der Sonne verspeist. Er hat noch neun Euro und dreiundzwanzig Cent in der Tasche, gerade genug, um seine Kinokarte zu bezahlen.

Um 13 Uhr trifft er Jérôme, seine Frau und ihren Sohn. Sie beschließen, in eine der angesagten Komödien zu gehen, denn »unser Leben ist so ein Hundeleben, da brauchen wir was zum Lachen«. Ein Bedürfnis, das offensichtlich die meisten teilen: In beiden Kinos sind die Vorstellungen, die in halbstündigem Abstand beginnen, schon fast ausverkauft.

»Ich hab eine Zehnerkarte, da nehme ich gleich für dich eine mit, und du gibst mir das Geld danach, okay?«

Philippe nimmt Jérômes Angebot an.

Nach dem Film spazieren sie durch die Straßen und lassen sich schließlich auf einer Terrasse an einem frei gewordenen Tisch nieder, um etwas zu trinken. Philippe hört zu, wie die beiden über Gott und die Welt plaudern, vermeidet es, zu viel von sich, Sandrine oder seiner Situation zu erzählen, und stellt lieber Fragen zu ihrem Leben und zu Gaëllas zweiter Schwangerschaft – sie erwartet ein Mädchen, mit dessen Geburt im September zu rechnen ist. Mitten im Gespräch steht Gaëlla auf, um Victor zur Toilette zu begleiten.

Jérôme schaut ihnen liebevoll nach und wendet sich wieder an Philippe.

»Was ist denn los? Du machst ja vielleicht ein Gesicht!«

»Ich muss dir etwas sagen …«

Philippe erzählt ihm die Wahrheit über alles, was er in den letzten fünf Wochen erlebt hat. Schonungslos, ohne Selbstmitleid oder Ausflüchte.

»Ich hatte nicht nachgerechnet, dass heute schon der Siebte ist und am Fünften die Unterhaltszahlung abgegangen ist. So, jetzt weißt du alles. Das Problem ist, ohne Job keine Wohnung, ohne Wohnung kein Job …«

Jérôme sitzt schweigend da, den Blick in sein Bier versenkt.

»Wenn du mich ein bisschen bei euch wohnen lassen könntest … Nicht lange, verstehst du, nur für ein paar Tage oder Wochen, dass ich ein bisschen Zeit gewinne …«

Jérôme betrachtet noch immer sein Bierglas.

»Ich schäme mich, weißt du … Ich schäme mich dermaßen … Ich gehe nicht mehr ans Telefon, wenn meine Mutter anruft … Die Arme, das könnte sie nicht ertragen … Und seit zwei Wochen traue ich mich auch nicht mehr, meine Tochter anzurufen, dabei hatte ich ihr versprochen, mich jeden Abend zu melden und ihr eine Geschichte zu erzählen … Meine kleine Prinzessin …«

Philippe zündet sich eine Zigarette an. Eine Mauer des Schweigens trennt die beiden Männer.

»Ich kann nicht, Philippe …«

»…«

»…«

»Verstehe …«

»Nimm's mir nicht übel, aber ich kann es wirklich nicht. Wo doch bald das Baby kommt … und dann der

Kleine … und Gaëlla … ich meine, in Bezug auf Sandrine …«

»Ich sagte doch, das verstehe ich. Mach dir keine Sorgen, ich komme schon klar …«

»Bestimmt?«

Philippe, der Gaëlla mit Victor zurückkommen sieht, nimmt einen Schluck Bier.

»So«, sagt Gaëlla, als sie wieder sitzt. »Wie wär's, wir gehen zu Fuß zum Seineufer?«

Philippe und Jérôme sehen sich an.

»Ja, gute Idee«, sagt Philippe schließlich lächelnd.

Gaëlla dreht sich zu Jérôme.

»Sollen wir dann in Saint-Michel unseren Zug nehmen?«

Jérôme nickt, lächelt und gibt ihr einen Kuss.

Philippe nimmt die Rechnung, um zu sehen, wie viel er bezahlen muss, und zieht sein Portemonnaie aus der Tasche. Jérôme bremst ihn.

»Nein, ist schon gut, lass das …«

»Wirklich?«

»Aber ja doch. Das ist ja wohl das Mindeste …«

Draußen

Philippe begleitet Jérôme und seine kleine Familie bis zum Metro-Eingang. Es ist kurz nach 18 Uhr. Der Tag ist noch warm und strahlend hell. Der Sommer hat die lauernde Frühlingsfrische endgültig vertrieben.

»Also dann …«, sagt Philippe.

Er gibt Gaëlla einen Kuss auf jede Wange.

»Bist du sicher, dass du nicht mehr bei uns zu Abend essen willst?«, fragt sie.

»Das ist nett von dir, aber ich esse schon mit einem Arbeitskollegen …«

»Stimmt, das sagtest du ja …«

Philippe hockt sich nieder und streicht Victor sanft übers Haar.

»Tschüs, Kleiner … Sei nett zu deiner Mama …«

Ans Bein seiner Mutter geschmiegt, schenkt ihm Victor ein schüchternes Lächeln. Jérôme geht auf Philippe zu und umarmt ihn.

»Wir telefonieren?«

»Klar doch!«, antwortet Philippe.

»Pass auf dich auf.«

Man trennt sich.

»Ach, eine Sache noch …«

Jérôme dreht sich mit fragendem Blick um. Philippe macht einen Schritt auf ihn zu.

»Wie viel schulde ich dir fürs Kino?«

»Nichts, nichts …«

»Bist du sicher?«

»Ja, vergiss es …«

Nach einem letzten Abschiedsgruß führt Jérôme seine Familie fort. Während sie die Stufen zur Métro hinuntergehen, winkt Victor Philippe mehrmals zu, was dieser lächelnd erwidert.

Als der unterirdische Gang und der Lauf ihres Lebens die drei längst verschluckt und mit sich gerissen hat, verharrt Philippe noch lange wie betäubt, um ihn herum das wimmelnde Leben und die wogende Menge der Passanten, die kommen und gehen, sich begegnen, sich ausweichen, sich für den Abend treffen oder bis zum nächsten auseinandergehen.

Bleich und verschwommen klammert sich eine schmale Mondsichel ans Blau des Himmels.

Ohne Ziel und Quartier

Er überquert die Seine und läuft am Ufer entlang. Langsam. Gegen die Fahrtrichtung der Autos.

Zunächst nach Westen, die Augen zusammengekniffen im Feuer der untergehenden Sonne. An der Place de la Concorde nimmt er die große baumbestandene Allee, die zu den Champs-Élysées führt. Am Fuß der schönsten Straße der Welt betrachtet er einen Moment lang den Triumphbogen am Horizont, der in ein langsam erlöschendes Glutrot getaucht ist. Die Straßenlaternen beginnen zu leuchten, die Schatten strecken sich, werden mehr.

Er kehrt um. Der Mond hat sich fest an den Himmel geklammert und strahlt nun siegesgewiss. An der Place de la Concorde überquert er wieder die Seine und nimmt die Uferstraße in östlicher Richtung, wieder entgegen der Fahrtrichtung. Er kommt an der Stelle vorbei, an der er vor ein paar Stunden die Menschen, die er kannte, verlassen hat. Er bleibt nicht stehen. Der Strom der Autos ist nicht mehr so dicht. Die Terrassen sind voll. Notre-Dame ist erleuchtet.

Er geht weiter, überquert nochmals die Seine und setzt seinen Weg in nördlicher Richtung fort. Festliches Treiben an der Bastille. Lustlose Weite an der Place de la République.

Er lässt sich treiben, gelangt zum Canal Saint-Martin. Die Ufer Inseln der Sorglosigkeit inmitten von Obdachlosenzelten.

Er macht nur einen kurzen Abstecher und geht weiter bergan Richtung Belleville. Bunte Vielfalt in der Rue Sainte-Marthe. An der Kreuzung des Boulevard de la Villette und der Rue du Faubourg-du-Temple dann die Begegnung zwischen Maghreb und Asien, marktschreierisch die einen, auf leisen Sohlen die anderen.

Er setzt sich auf eine Bank. Er stützt die Ellbogen auf die Rückenlehne, lässt die Unterarme hängen, legt den Kopf in den Nacken und schließt die Augen. Er ringt nach Luft.

Nach und nach geht sein Atem langsamer. Mit schmerzverzerrtem Gesicht richtet er sich wieder auf, neigt den Oberkörper nach vorn und stützt sich auf die Oberschenkel.

Er beugt sich noch weiter vor und zieht den rechten Schuh aus, ohne die Schnürsenkel zu lösen. Dann streift er den Strumpf ab. Mit geschlossenen Augen und offenem Mund massiert er sich lange den Fuß. Nach einer Weile wechselt er die Seite und wiederholt das Ganze mit dem linken Fuß. Schließlich zieht er die Beine hoch bis ans Gesäß, lässt sich auf die Seite sinken und legt sich zusammengekauert auf die Bank.

Passanten werfen ihm kurze Seitenblicke zu, bevor sie ihn rasch wieder aus ihrem Gesichtsfeld löschen, als hätte er niemals existiert.

Er schläft ein.

Vogelfrei

Er wacht auf und fährt hoch. Sein Atem geht in kurzen, schnellen Stößen. Ängstlich schweift sein Blick über die Bürgersteige und Gebäude ringsum. Auf dem Boulevard sind jetzt weniger Menschen. Die Stadt ist noch ganz in Dunkelheit gehüllt. Das Schild des Royal Belleville wirft weiter sein Licht auf die Grenze zwischen Maghreb und Asien.

Er legt sich wieder hin, stößt einen tiefen Seufzer aus, reibt sich mit der Hand übers Gesicht. Seine Stirn ist bis in die Haarwurzeln hinein mit getrocknetem, fettigem Schweiß bedeckt. Die Kälte ist ihm in die Füße und Fäuste gekrochen.

Träge lässt er einen Arm zu Boden sinken. Seine Hand greift nach den Schuhen und Strümpfen. Plötzlich erstarren die Finger und beginnen suchend den Asphalt abzutasten.

Er dreht sich auf die Seite, schaut unter die Bank: nichts. Er steht auf, kniet sich hin und sucht voller Panik nochmals den leeren Asphalt ab.

Seine Bewegungen werden langsamer, bis sie völlig erlahmen angesichts dessen, was offenbar geworden ist: Die Schuhe und Strümpfe sind nicht mehr da.

Abfall

Eine Zeit lang ist er wie benommen, dann geht er los, mit nackten Füßen auf dem Asphalt. Die Cafés und Restaurants sind jetzt geschlossen. Passanten sind rar. Nur vor manchen Lokalen, aus denen dumpfe Rhythmen dringen, sammeln sich Trauben von Nachtschwärmern. Die Digitaluhr einer Apotheke zeigt 3 Uhr 16 an. Seine Füße sind schon schwarz.

Er verlässt die Hauptverkehrsader und biegt in eine kleine Straße ein. Die Mülleimer sind vor die Häuser gestellt. Sie markieren die Gehwege wie Nummern die Hauswände. Trotz der Autos und Passanten, die hin und wieder vorbeikommen, macht er Tonne um Tonne auf, zieht die Plastiktüten heraus und durchwühlt sie. Gerüche nach Essig und Verschimmeltem. Feuchter, kalter Asche. Saurer Milch und Resten von billigem Wein. Gerüche, die sich an Kleider und Haut heften.

Anfangs wendet er das Gesicht ab, zieht angewidert die Nase kraus, um möglichst wenig einzuatmen, und entblättert den Müll mit spitzen Fingern. Dann aber reißt er die Säcke auf, greift entschlossen, manchmal bis zu den Ellbogen hinein, ohne noch darauf zu achten, dass Hemd und Hose nicht schmutzig und feucht werden.

Als sein Arm wieder in eine Tüte eintaucht, verzieht er

begierig den Mund. In rasender Hast weidet er den Müllbeutel aus, schüttelt ihn, bis sich alles auf die Straße ergießt, kniet nieder, seziert den Inhalt und fischt endlich eine alte, abgetragene, schrumpelige Sandale heraus. Immer noch auf den Knien, dreht er sich um und nimmt den Schuh im gräulichen, flackernden Licht der Straßenlaternen in Augenschein. Er legt ihn zur Seite, greift wieder mit beiden Händen in den Müllhaufen. Je länger er wühlt, desto frenetischer werden seine Bewegungen, bis er in einem Ausbruch von Verzweiflung und Wut den ganzen Teppich aus Müll durcheinanderwirbelt und schließlich darauf zusammenbricht.

Langsam richtet er sich wieder auf, rutscht aus, erhebt sich von Neuem. Er nimmt die Sandale, probiert sie an. Sie ist viel zu groß. Mindestens Schuhgröße vierundvierzig, und er hat gerade mal zweiundvierzig. Er zieht sie wieder aus, begutachtet sie im zittrigen Licht der Laternen ein letztes Mal, lässt sie achtlos fallen und setzt seine Wanderung fort.

Er läuft die Straße hinunter, biegt nach rechts ab, dann nach links, stößt wieder auf den Wasserlauf des Canal Saint-Martin, überquert ihn. Hin und wieder öffnet er auf gut Glück eine Mülltonne, wirft einen kurzen, prüfenden Blick hinein und geht weiter.

Er biegt in eine kleine Straße ein. Neben einem Garagentor stapeln sich große Teile von zerfledderten Kartons. Er legt mehrere von ihnen aufeinander und lässt sich darauf niedersinken.

Es ist fünf Uhr

Hoch oben am Himmel schreien Vögel, als er die Augen aufschlägt. Zwei Männer der städtischen Reinigungsbetriebe in ihren grünen Overalls säubern am anderen Ende der Straße Fahrbahn und Bürgersteige. Ein Kleinfahrzeug samt Hochdruckreiniger mit großer Reichweite. Papiere, Zigarettenstummel und Abfall werden schonungslos in den Rinnstein gespült und von dort in die Kanalisation. Ein Stück weiter schiebt ein Bäcker das Eisengitter seines Geschäfts hoch. An der Ecke verteilt ein Kellner Tische und Stühle auf der Terrasse eines Cafés.

Es ist kurz nach fünf. Sonntagmorgen. Paris erwacht. Verkatert von einer verrauchten, kräftig begossenen Samstagnacht.

Er blinzelt und setzt sich auf, schiebt dabei die eiskalten Füße unter sein Gesäß. Er massiert seine Arme und den Oberkörper, reibt sich über den Bauch, zündet sich eine Zigarette an und sieht sich um. Aus der vorderen Hosentasche zieht er sein Portemonnaie heraus. Er macht es auf. Ihm bleiben noch die neun Euro und dreiundzwanzig Cent, die er vor dem Kinobesuch hatte. Sein Blick verharrt für einen Moment auf dem Foto seiner Tochter.

Plötzlich richtet er sich auf, schiebt mit gerunzelter Stirn die Hand erst in die eine, dann die andere Gesäßtasche seiner Hose und zieht den Schlüssel des Schließfachs an der Gare Montparnasse hervor, in dem er seine Sachen untergebracht hat.

»He!«

Er hebt den Kopf. Der kleine grüne Mann mit dem Hochdruckgerät ist nur noch ein paar Meter entfernt und bedeutet ihm, aufzustehen.

Er gehorcht. Nach den ersten Schritten, die so zögerlich sind, als liefe er über Glasscherben oder glühende Kohlen, geht er rasch auf dem noch trockenen Asphalt der Straße davon.

Er betritt eine Bäckerei, kauft ein halbes Baguette – fünfunddreißig Cent – und verschlingt es, während er den nächsten Metroeingang erreicht, in den er hinabsteigt, ohne sich eine Fahrkarte zu kaufen.

Der Duft der Nacht

Er lässt sich auf einen der kleinen roten Sitze fallen, die den Bahnsteig in Dreier- oder Vierergrüppchen säumen.

Um diese Uhrzeit, und dann auch noch an einem Sonntagmorgen, sind nur wenige Menschen unterwegs. Drei Jugendliche um die zwanzig, zwei Jungs und ein Mädchen, umnebeltes Hirn, verschleierter, leerer Blick, jetzt noch betrunken von den Exzessen einer durchwachten Nacht. Dann eine Frau um die fünfzig, herausgeputzt und adrett, mit einem Weidenkorb in der Hand. Und schließlich zwei Männer, der eine aus Indien, der andere aus Afrika, alterslos und ohne besondere Merkmale, bis auf die leichte Müdigkeit vielleicht, die sich an die tiefen Schatten unter ihren Augen geheftet hat, nachdem sie der sonntäglichen Ruhepause getrotzt haben und so früh aufgestanden sind. Durch Abwesenheit glänzt aufgrund des arbeitsfreien Tages nur der dynamische, rührige Angestellte in Führungsposition, frisch gewaschen und gekämmt, die Tageszeitung tatendurstig im Anschlag.

Die Digitalanzeige, die über die Wartezeit bis zu den nächsten Zügen informiert, gibt sechs Minuten für den ersten und vierzehn Minuten für den zweiten an.

Als die Metro in die Station einfährt, reißt ihn das Kreischen der Metallräder auf den Schienen aus seinem Dämmerzustand. Er steht auf. Die Türen öffnen sich. Es ist keine Stoßzeit. Kein lächerliches Gedränge. Keine gereizten Seufzer oder Schulterstöße oder gequetschten Füße, kein verkrampftes Murren, keine feige in den Bart gemurmelten Beschimpfungen.

Er steigt ein. Und mit ihm seine asphaltgeschwärzten Füße und der Duft einer obdachlosen Nacht.

Maximal zehn Fahrgäste teilen sich die gesamten freien Plätze. Er setzt sich in ein vollkommen leeres Viererkarree. Im Nachbarkarree, auf der anderen Seite des Mittelgangs, steht ein Mann seines Alters auf, um sich am anderen Ende des Wagens einen Platz zu suchen. Die Blicke weichen aus, entziehen sich.

Jedes Mal wenn an den Metrostationen Menschen zusteigen, verhärten sich ihre Gesichter, sobald sie ihn ausmachen, und sie verschanzen sich rasch hinter einem Ausdruck scheinbarer Teilnahmslosigkeit. Wer einen Platz in seiner Nähe ansteuert, ändert bei seinem Anblick die Meinung und nimmt mit schiefem, verlegenem Lächeln einen weiter entfernten Platz. Manche wechseln an der nächsten Station den Wagen. Wer ihn schon vom Bahnsteig aus gesichtet hat, erspart sich derartige Manöver und steigt gleich in einen anderen Wagen.

Er schließt die Augen.

Start

Metrostation und Gare Montparnasse. Startbahnhof für Reisen in den Südwesten, die großen Ferien. Richtung Sonne und Sorglosigkeit an den Stränden der Côte Sauvage, der Côte Landaise, Bordeaux, Biarritz.

Er verlässt die Metro. Folgt den Schildern »Fernzüge«. Die Blicke, denen er begegnet, schweifen über ihn hinweg wie über Wände oder Plakate.

In der Bahnhofshalle begibt er sich zum Schließfach, in dem er am Vortag Koffer und Computer deponiert hat. Er öffnet es, nimmt seinen Kulturbeutel und saubere Anziehsachen: Hose, T-Shirt, Unterhose, Strümpfe und vor allem Schuhe, Pullover, Blouson.

Von dort aus geht er zu den öffentlichen Duschen und Toiletten. Am Eingang, hinter einer Theke, sitzt eine Frau im Arbeitskittel des Reinigungspersonals.

»Einmal Duschen und ein Handtuch, bitte.«

»Vier Euro achtzig.«

Er zückt sein Portemonnaie und legt ihr das Geld hin. Sie gibt ihm das Handtuch und sein Wechselgeld. Er hat nur noch vier Euro und acht Cent.

»Danke.«

»Zum ersten Mal hier?«

Ohne sie anzusehen, sagt er Ja.

»Suchen Sie sich eine aus, Sie sind der Erste.«

Er bedankt sich leise nickend mit einem müden, aber aufrichtigen Lächeln, den Blick zu Boden geschlagen.

Langsam geht er zu den Männer-Kabinen. Durch den starken Chlor-Geruch, der in den Räumen hängt, wird die Sauberkeit geradezu greifbar.

Er verschwindet in der letzten Dusche der Kabinenreihe, schließt die Tür, zieht sich aus, hängt seine sauberen Kleider an die dafür vorgesehenen Haken, faltet die schmutzigen zu einem kleinen, kompakten Bündel und stopft es in eine Ecke gegenüber der blauen Wanne, über der sich der Duschkopf befindet.

Das Handtuch breitet er über die sauberen Sachen, dreht den Wasserhahn auf, stellt die Temperatur ein, tritt unter den warmen Strahl und wäscht sich von Kopf bis Fuß.

Als er wieder trocken ist, nimmt er sein Deodorant, einen Spritzer Eau de Toilette, kleidet sich an, putzt sich die Zähne, kämmt sich und sucht die Toilette auf.

Bevor er geht, gibt er der Frau am Eingang das Handtuch zurück.

»Eigentlich wären's noch fünfzig Cent für die Toilette …«

Die beiden sehen sich an. Ungefragt hält sie ihm eine Plastiktüte hin.

»Hier, für Ihre dreckigen Sachen. Damit die anderen sauber bleiben.«

Er nimmt die Tüte, erwidert ihr Lächeln und kehrt zu seinem Schließfach zurück, um den Kulturbeutel und die in der Nacht beschmutzten Kleider unterzubringen, dann tritt er hinaus ins Tageslicht.

Streunender Hund

Nachdem er den Bahnhof verlassen hat, überquert er den Vorplatz und geht an den Häuserzeilen entlang Richtung Rue de Rennes. Die Sonne scheint. Er kneift die Augen zusammen. Ringsum rührt sich das Leben. Nicht so hektisch wie an Wochentagen, aber mit der gleichen Intensität.

Unterwegs kommt er an einem Crêpe-Stand vorbei, der schon seit den frühen Morgenstunden geöffnet hat, um nach Schließung der Diskotheken eine ausgehungerte, betrunkene *Jeunesse dorée* zu bedienen, die sich anschließend heimbegibt, um in frisch bezogenen Betten sorglos ihren Rausch auszuschlafen. Er liest die Preise und bestellt eine Schinken-Käse-Crêpe, über die er sich hermacht, während er den Boulevard Edgar Quinet und die Rue de la Gaîté hochgeht.

Dort setzt er sich auf eine leere Bank. Die Crêpe ist kalt geworden. Er hat nur noch achtundfünfzig Cent in der Tasche.

Während er sein karges Mahl verschlingt, nähert sich ihm zaghaft ein Hund mit zerrupftem Fell. Aufmerksam schnüffelnd wedelt er leicht geduckt mit dem Schwanz. Dann setzt er sich japsend und mit hängender Zunge vor ihm auf den Boden. Ab und zu hört er ganz auf zu atmen, macht die Schnauze zu und sieht ihn konzentriert an, mit aufgerichteten Ohren, wovon das linke etwas stärker geknickt und tief eingekerbt ist. Nach ein paar Sekunden beginnt er wieder zu japsen, jault, als wollte er betteln, hält den Atem an, bringt die Ohren in Habachtstellung, und das Ganze geht wieder von vorn los. Ab und zu hebt er das Hinterteil ein paar Zentimeter an und duckt sich leicht, als wollte er aufstehen oder gar losspringen, aber jedes Mal setzt er sich doch wieder hin und fährt fort, abwechselnd zu japsen, zu jaulen und die Ohren aufzurichten.

Laut raschelnd zerknüllt Philippe das Crêpe-Papier. Ihm bleiben nur noch ein oder zwei Bissen. Die besten, nämlich die aufgerollte Teigspitze, in der am meisten Schinken und Käse steckt.

Er sieht den Hund an und hebt den kostbaren Bissen andeutungsweise in seine Richtung. Sofort hört der Hund auf zu atmen, die Augen weit aufgerissen, die Ohren gespitzt, die Brust gewölbt.

Sachte bewegt Philippe die Hand in die Richtung des Tieres. Auf halbem Weg hält er inne.

»Schön langsam!«

Er bewegt die Hand weiter und hält wieder inne.

»Langsam …«

Er nähert sich noch ein kleines Stück, sodass er das Tier fast schon berührt, und verharrt in dieser Haltung. Auch der Hund rührt sich nicht, die Augen auf das mit Käse und Schinken gefüllte Stück Crêpe geheftet. Zwei Speichelfäden laufen aus seinen Lefzen. Langsam öffnet er die Schnauze, neigt den Kopf, um den hingehaltenen Bissen besser fassen zu können, nimmt ihn vorsichtig, zieht den Kopf wieder zurück und verschlingt das Teigstück so gierig, dass er fast daran erstickt.

»Na, so was!«

Er öffnet die Hand. Der Hund holt wieder Luft und leckt ihm die Finger ab.

»Tja, das war's! …«

Philippe streichelt ihm den Kopf und krault ihm den Hals. Der Hund blinzelt, drückt mit der Schnauze seinen Arm hoch und legt ihm den Kopf in die Handfläche.

Er lächelt, kneift dem Tier in die Backe und steht auf.

Sofort fixiert ihn der Hund, die Ohren aufgestellt wie zwei Fragezeichen. Er dreht sich einmal um sich selbst, legt schwanzwedelnd, mit erhobenem Hinterteil die Vorderbeine auf den Boden und bellt mehrmals.

»Nein, nein, nein, ich will nicht spielen.«

Philippe wendet sich zum Gehen. Der Hund bellt noch lauter und läuft ihm nach.

Philippe bleibt stehen, dreht sich um, geht in die Hocke. Der Hund setzt sich und schaut ihn schwanzwedelnd und mit hängender Zunge an. Mehrmals streckt er eine Pfote in seine Richtung und lässt sie wieder sinken.

»Ich kann dich nicht mitnehmen … Verstehst du?«

Die beiden sehen sich an. Der Hund macht die Schnauze zu, hört auf zu atmen und richtet die Ohren auf, dann beginnt er wieder zu japsen und hält ihm die Pfote hin.

Philippe bückt sich, nimmt die Pfote und drückt sie, wie er einem Menschen die Hand geben würde. Er streichelt den Hund ein letztes Mal und geht davon, ohne sich umzudrehen.

Bevor er in eine Querstraße einbiegt, wirft er einen Blick über die Schulter: Der Hund ist verschwunden.

Essen

Er läuft den ganzen Vormittag. In der Tasche achtundfünfzig Cent. Er kommt an mehreren Supermärkten und kleinen Selbstbedienungsläden vorbei: Überall haben sich schon ein, zwei oder drei Obdachlose niedergelassen, einige davon zu zweit oder in Begleitung eines Hundes. Das Gleiche vor den Cafés mit Zigarettenverkauf, den Metroeingängen, den Kinos, den Kirchen, den Kaufhäusern, in den Fußgängerzonen oder belebten Straßen. Überall ist schon jemand.

Um 14 Uhr hat er immer noch keinen Ort gefunden, an dem er sich postieren könnte. Er schlingt sich den Pullover um die Taille und klemmt sich den Blouson unter den Arm. Während er weiter die Stadt durchstreift, beginnt er, Passanten direkt anzusprechen.

»Entschuldigen Sie, Madame, ich brauche noch einen Euro, um etwas essen zu können … Entschuldigen Sie, Monsieur …«

Stumpfe Blicke, Kopfschütteln, hochgezogene Augenbrauen, gereizte Seufzer, Murren, Hände wie zu einer unsichtbaren Mauer erhoben.

Vier Stunden später beläuft sich seine Ausbeute auf nicht mehr als drei Euro und zwanzig Cent, was seine Rücklage auf drei Euro achtundsiebzig erhöht.

Trinken

Von Zeit zu Zeit betritt er ein Café und stellt sich an den Tresen.

»Ja?«

»Ein Glas Wasser, ist das möglich?«

»Sie müssen erst was bestellen.«

Er sieht, wie viel ein Kaffee kostet: einen Euro zehn. Er geht. Im besten Fall unbeachtet, im schlimmsten mit einer unfreundlichen Bemerkung im Genick.

Später, in einem anderen Stadtteil, versucht er es wieder. Es mag vorkommen, dass man ihm zu trinken gibt, aber im Wesentlichen ist die Reaktion immer die gleiche:

»Wir sind doch hier kein öffentlicher Wasserausschank.«

»Tut mir leid.«

»Verziehen Sie sich.«

Es sei denn, die Antwort ist nur ein Blick, der sich abwendet.

Würde bewahren

Die Bereitschaft, ihm ein Glas Wasser zu geben, schließt nicht ein, dass man ihn auch zur Toilette gehen lässt. Manche drücken ein Auge zu. Darunter die Besitzer der Lokale, in denen man ein Zwanzig- oder Fünfzig-Cent-Stück einwerfen muss, um die Tür zu öffnen.

Was also bleibt, sind Hauswände, Ecken und Winkel, um Wasser zu lassen. Und bestenfalls – wenn sie kostenlos sind – die öffentlichen Toiletten, um seine Notdurft zu verrichten.

Ernüchtertes Zwischenspiel

Um kurz vor 18 Uhr entzieht er sich mit seinen drei Euro achtundsiebzig dem Strom der Passanten und nimmt auf einer Bank Platz. Er ist in Schweiß gebadet. Ins gleißende Licht der Junisonne legt sich das Rot des ausklingenden Nachmittags. Der Asphalt gibt einen Teil der Wärme wieder ab, die er im Lauf des Tages gespeichert hat. Es ist jetzt noch wärmer.

Lange massiert er sich den unteren Teil des Rückens, verzieht dabei immer wieder vor Schmerz das Gesicht. Dann nimmt er sein Handy, wählt seine frühere Nummer und aktiviert die Mute-Funktion, die es erlaubt zu sprechen, ohne am anderen Ende gehört zu werden. Nach zweimaligem Klingeln geht seine Tochter an den Apparat.

»Hallo? …«

»Ich bin's, meine kleine Prinzessin, hier ist Papa …«

»Hallo? …«

»Weißt du, ich denke an dich …«

Im Hintergrund hört man Sandrines Stimme.

»Wer ist es denn?«

»Ich weiß nicht, ich höre gar nichts …«

Die Schritte seiner Ex-Frau kommen näher.

»Vergiss nicht, wie sehr ich dich lieb habe …«

Die Mutter steht hinter ihrer Tochter.

»Gib mal her ...«

»Tschüs ...«

»Tschüs, meine kleine Prinzessin ...«

Sandrine nimmt das Telefon.

»Hallo? ... Hallo? ...«

Sie legt auf. Er bleibt sitzen und betrachtet das sonntägliche Treiben der Menschen.

Seine Lider schließen sich in regelmäßigen Abständen. Immer wieder sinkt ihm das Kinn auf die Brust. Jedes Mal richtet er sich rasch auf und blinzelt mehrmals, doch nach kurzer Zeit sackt er wieder in sich zusammen.

Er legt sich hin und klemmt Blouson und Pullover zusammengerollt fest unter seinen Kopf.

Er schläft ein.

Gehen

Als er aufwacht, breitet der Abend schon längst seine Schatten über die Stadt. Er schluckt, sieht auf seine Armbanduhr: Es ist fast acht.

Der Bürgersteig ist nur noch schwach belebt. Viele Menschen sind schon heimgegangen. Sie nutzen die letzten erholsamen Stunden, ehe wieder eine Woche beginnt.

Er steht auf, zieht den Pullover an und streift mit dem Blouson unter dem Arm weiter durch die Straßen. Vor der Einbuchtung einer Garage bleibt er stehen, blickt nach links, dann nach rechts, pinkelt und setzt, als gerade ein Auto in die Straße einbiegt, seinen Weg fort.

Die Terrassen sind noch voll. Die Innenräume der Restaurants und Brasserien auch. Es wird getrunken, gegessen, geredet, gestritten und gelacht. Wo er auch hinkommt, tummeln sich Konsum und überschäumendes Leben, das ihm an die Gurgel springt. Hin und wieder bittet er einen Passanten um einen Euro oder zwei. Vergebens.

Gegen 22 Uhr kauft er sich einen Kebab – drei Euro und fünfzig Cent. Er vertilgt ihn mit dem Rücken an einen Springbrunnen gelehnt. Als er fertig ist, löscht er am Brunnen seinen Durst, reibt sich mit dem Wasser durchs Haar und durchs Gesicht. Dann setzt er seine ziellose Wanderung fort. Wieder bittet er Passanten um ein Almosen. Wieder vergeblich.

Nur ein junges Mädchen drückt ihm ein Zwei-Euro-Stück und eine Zigarette in die Hand, die er sofort raucht. Ansonsten bekommt er nichts.

Er geht. Im Lauf seiner Wanderung begegnet er jeder Menge Obdachloser. Einige haben sich zu regelrechten Camps zusammengeschlossen: Zelte, Schlafsäcke, Gaskocher und sogar Klappstühle. Da wird laut gesprochen, da wird geschrien, da wird gebrüllt. Doch die meisten, die ihm über den Weg laufen, sind allein oder nur in Begleitung eines Hundes. Fast alle trinken billigen Wein, der die Magenwände zerfrisst, und sind betrunken.

Er geht. In einer ruhigen, dunklen Straße stößt er an einer finsteren Hausecke auf einen Obdachlosen, der gerade seine Notdurft verrichtet. Über die Entfernung von einigen Metern hinweg verbreitet er einen beklemmenden Gestank, eine Mischung aus geronnenem Achselschweiß und besudeltem Hosenschritt, dazu das Geräusch seiner feuchten Darmwinde, die Ausdünstungen seiner durch gepanschten Wein und Parasiten angegriffenen Darmflora, die als flüssiger Kot auf den Bürgersteig läuft, auf seine Schuhe spritzt und auf die bis zu den Knöcheln heruntergerutschte Hose.

Er bleibt nicht stehen. Er geht weiter, immer weiter.

Schlafen

Paris schläft nie. Es gibt keine Straße, die nur von Laternen beleuchtet wäre, in der die Fensterläden zugeklappt wären, verriegelt und in Dunkelheit getaucht. Um welche Uhrzeit er durch welchen Stadtteil, durch welche Straße auch läuft, immer ist jemand da, direkt vor ihm oder auf dem gegenüberliegenden Bürgersteig, jemand, der kommt oder geht. Und so gibt es auch immer irgendwo Licht, sei es eine erleuchtete Dachluke oder ein schwarzes Fensterviereck, in dem die bläulichen Blitze eines laufenden Fernsehers zucken, der die Schlaflosigkeit oder Einsamkeit bekämpfen soll.

So weit er auch geht, nie ist er irgendwo allein. Gegen ein Uhr morgens verlangsamen sich seine Schritte. Wieder landet er auf einer Bank. Er zieht die Schuhe aus, massiert sich die Füße, zieht die Schuhe wieder an. Er streift sich den Pullover über, rollt den Blouson zusammen und legt sich auf die Seite, die unter den Kopf geschobene Jacke fest umklammert. Er schließt die Augen. Der waagerechte Teil der Bank besteht wie die Rückenlehne aus zwei Planken, zwischen denen ein kleiner, mehrere Zentimeter breiter Zwischenraum klafft, der ihm entweder gegen die Hüfte oder, wenn er sich ganz zusammenkauert, gegen die Rippen drückt. Alle zwei Minuten muss er die Position wechseln.

Kurz vor dem Einnicken wird ihm kalt. Er zieht den Blouson an, legt sich wieder hin, die Arme unter den Kopf geschoben. Zur Ruhe kommt er immer noch nicht. Er dreht sich auf den Rücken. Jetzt drücken die beiden Bretter der Bank gegen Steißbein und Wirbel.

Dazu die Geräusche, eine Vielfalt von Geräuschen – Autos, Passanten, knallende Türen, Absätze, die vom Asphalt der Bürgersteige widerhallen, Gespräche, die näher kommen und sich entfernen, auf seiner Höhe angelangt, manchmal verstummen –, alles und zugleich nichts, doch es reizt den Gehörsinn, weckt die Aufmerksamkeit, hält ihn in einem unsteten, brüchigen Halbschlummer gefangen.

Als fahl der Morgen anbricht, hat er nur ein paar Stunden geschlafen, Stunden so zersplittert wie zerschlagenes Glas.

Überleben

Die Metro fährt in die Station ein. Während die Fahrgäste aus- und einsteigen, hält er sich auf dem Bahnsteig im Hintergrund.

Die Stoßzeit ist vorbei. Die Wagen werden zwar nicht mehr von hektischen, gestressten Menschenmassen gestürmt, doch an den Wochentagen kommt es permanent zu leichtem Gedränge. Erboste Seufzer, Schulterstöße, gereiztes Murren, gequetschte Füße, Beschimpfungen, so laut geknurrt, dass sie gehört werden, während man schon feige die Flucht ergreift, um rasch ins Freie zu gelangen oder umzusteigen.

Als das Signal das Schließen der Türen ankündigt, steigt er in einen der Wagen. Es gibt noch leere Klappsitze. Auch ein paar Plätze in den Viererkarrees. Die Gesichter sind eingemauert in die gewohnte Gleichgültigkeit, glatt und verschlossen wie Eisenmasken, nur das Ziel ihres unterirdischen Transits vor Augen.

Die Türen knallen zu, und nach sekundenlangem Zögern fährt der Zug ruckelnd los. Philippe hält sich an den beiden senkrechten Metallstangen fest, holt tief Luft und trägt mit gesenktem Kopf, den Blick auf den konturlosen Boden geheftet, die akustischen Versatzstücke vor, die schon tausendfach von anderen heruntergeleiert wurden: Entschuldigen Sie die Störung, keine Wohnung, keine Arbeit, Leben auf der Straße, ein bisschen Kleingeld, um mir zu helfen, ein Restaurantscheck, eine Metrokarte, nur eine Zigarette, sauber bleiben, essen, im Warmen schlafen.

Wortlos geht er zwischen ihnen her. Ausweichende Blicke, die sich in ein Buch oder eine Zeitung flüchten, Papierschilde, die man hastig aufschlägt. Oder der MP3-Player, der lauter gestellt wird. Hier und da geht ein verzerrtes Lächeln wie ein Fallgitter auf ein Gesicht nieder. Nur ein Chinese gibt ihm einen Euro.

An jeder Station wechselt er den Wagen und wiederholt die Prozedur. An der Endstation macht er weiter, nun in entgegengesetzter Fahrtrichtung. Nach anderthalb Stunden hat er fast zehn Euro eingenommen.

An einem Knotenpunkt, an dem sich mehrere Metrolinien kreuzen, steigt er in einen neuen Zug. Als er die Stimme erhebt, tut im selben Moment am anderen Ende des Wagens ein Mann von hünenhafter Statur das Gleiche. Ihre Worte prallen gegeneinander. Sie sehen sich an, kapitulieren und steigen beide an der nächsten Station aus.

Er will davoneilen, aber der andere winkt ihn zu sich. Er zögert, dann geht er hin.

Sie setzen sich auf das Bahnsteigmäuerchen. Der Hüne zieht eine Schachtel Zigaretten aus der Tasche und bietet ihm eine an. Er nimmt sie.

»Bist du neu hier? Wie heißt du?«

»Philippe.«

»Gérard.«

Sie geben sich die Hand.

»Seit wann?«

»Vor einem Monat hat mich meine Frau vor die Tür gesetzt. Seit zwei Tagen bin ich richtig auf der Straße. Und du?«

»Drei Jahre, zwei Monate und siebzehn Tage.«

Philippe starrt ihn entgeistert an.

»Ich zähle mit, um nicht zu vergessen, dass es vorher ein anderes Leben gab und danach auch noch ein anderes geben kann. Das Zeitgefühl ist das Erste, was man auf der Straße verliert.«

»Stimmt. Mir kommt es vor, als wären es schon Jahre.«

»Deshalb bin ich auch noch nicht verrückt geworden. Und weil ich nicht trinke. Wenn du trinkst, bist du erledigt. Dann geht alles den Bach runter. Dein Körper, dein Kopf. Da kommst du nicht mehr raus.«

Schweigend rauchen die beiden weiter.

»Weißt du eigentlich, wie das hier läuft?«

Erstaunt sieht Philippe ihn an.

»Es gibt zwar kein Gesetz«, fährt Gérard fort, »aber Regeln. Nicht in einen Wagen steigen, in dem schon jemand arbeitet. Die alten Hasen auf der Linie im Auge behalten. Die Plätze sind umkämpft. Das Gleiche beim Schlafen: immer aufpassen, dass da nicht schon jemand sein Revier hat.«

Gérard zieht an seiner Zigarette und drückt sie aus.

»Ansonsten weißt du, wie du zurechtkommst?«

»In den Tag hinein leben.«

»Ja, klar, aber was ist mit dem Essen? Im Winter?«

»Nein, weiß ich eigentlich nicht.«

Gérard holt einen kleinen Notizblock und einen Kugelschreiber aus seiner Tasche.

»Ich geb dir drei Adressen, wo ich hingehe. Die 115 rufst du an, um nach Obdachlosenheimen zu fragen … Aber ein Tipp: Mach einen Bogen um das CHAPSA in Nanterre …«

»Warum?«

»Das ist das Ende … Ansonsten«, fährt Gérard fort, »gibt es noch die Volksküche in Montorgueil, die Tafel in der Rue de l'Ave-Maria, Emmaus und für Klamotten die Caritas …«

»Scheiße!«

Philippe springt auf und drückt seine Zigarette aus.

»Was?«

»Mein Koffer!«

»Dein Koffer?«

»Der ist in einem Schließfach in Montparnasse …«

Er sieht auf die Uhr.

»Mist, ich bin über der Zeit!«

Er hetzt los.

»He!«

Er dreht sich um. Gérard reißt die Seite aus seinem Notizblock und gibt sie ihm.

»Nimmt die 4, da musst du nicht umsteigen.«

»Danke.«

Er biegt in einen Gang ein und läuft los.

Wer zu spät kommt …

In langsam ruckelndem Tempo klappert die Metro der Linie 4 die noch verbleibenden Stationen ab. Philippe scharrt mit den Füßen, schaut immer wieder panisch auf seine Armbanduhr.

In Montparnasse springt er auf den Bahnsteig, läuft durch die Gänge, die Rolltreppen hoch und erreicht außer Atem das Schließfach, in dem er seinen Koffer und seinen Laptop zurückgelassen hat. Es ist ein paar Minuten nach 14 Uhr.

Er versucht es zu öffnen, vergeblich. Er versucht es noch einmal, wird wütend, schlägt aufgebracht gegen das Metall.

»Na, na, na!«

Er dreht sich um, vor ihm steht ein Angestellter der Bahn.

»Geht's noch? Was machen Sie denn da?«

»Mein Koffer, ich hatte meinen Koffer da drin!«

»Ach, Sie sind das …«

»Was soll das heißen, ich bin das? Ich bin was?«

»Weil Sie Ihre Sachen nicht abgeholt haben, ist die Polizei mit einem Entschärferteam gekommen und …«

Philippe starrt ihn an.

»Wollen Sie damit sagen, dass … meine Sachen …?«

Der Bahnbeamte nickt, sein Blick wird ausweichend.

»Tut mir leid …«

Einen Moment lang mustert Philippe den Bahnangestellten durchdringend, dann schlägt er plötzlich, so fest er kann, gegen die Tür des Schließfachs und geht mit drohend erhobenem Zeigefinger auf ihn zu. Der Mann weicht zurück.

»Warten Sie, ich kann doch nichts dafür …«

Philippe hält inne. Schäumend vor Wut taxiert er den Beamten.

Dann dreht er sich auf dem Absatz um und geht.

Wiedergänger

Er tritt aus dem Bahnhof. Wieder ein herrlicher, wolkenloser Tag. Der Vorplatz ist überfüllt. Hastende Menschen, die eine Metro oder einen Zug erreichen wollen und sich in gewagtem Slalom zwischen anderen hindurchschlängeln, deren Langsamkeit sie behindert. Bummelnde Fußgänger, Touristen, die es nicht eilig haben, Teilzeitbeschäftigte, Studenten, die im Gehen eine Kleinigkeit zu Mittag essen und dabei die Sonne genießen. Und dazwischen all jene, die freiheraus der Bettelei nachgehen oder Zeitungen verkaufen, um eine Behelfsunterkunft zu finanzieren, zu essen, sauber zu bleiben.

Er geht an den Häusern entlang Richtung Rue de Rennes, biegt rechts ab, geht weiter zur Rue de la Gaîté und setzt sich im Schatten der Bäume auf dieselbe Bank wie am Tag zuvor.

Er sieht sich kurz um, beugt sich vor, stützt seine Ellbogen auf die Oberschenkel und den Kopf in die Hände, während sein Körper unmerklich vor- und zurückwippt.

Plötzlich erschrickt er und schaut auf: Direkt vor ihm, mit geschlossener Schnauze und aufgerichteten Ohren, sitzt leise jaulend der Hund vom Vortag und sieht ihn unverwandt an.

Einen Moment lang erwidert Philippe seinen Blick, dann senkt er den Kopf und fängt wieder an, sachte mit dem Oberkörper zu wippen. Mehrmals hebt der Hund sein Hinterteil einige Zentimeter an und kommt leise winselnd auf ihn zugerutscht. Als er nah genug ist, versucht er, mit der Schnauze Philippes Arm anzuheben, und leckt ihm vorsichtig die Hände und das Gesicht.

Gereizt fährt Philippe hoch.

»Lass mich in Ruhe, verdammt noch mal!«

Er steht auf.

»Scheiße! Merkst du denn nicht, dass es jetzt nicht passt!«

Er geht los. Der Hund folgt ihm wie eine Klette, wenn auch in einigen Metern Abstand.

Philippe bleibt stehen, dreht sich um: Der Hund bleibt ebenfalls stehen und setzt sich. Philippe geht weiter, wirft nochmals einen Blick über die Schulter. Wieder das Gleiche.

Suchend sieht er sich um, marschiert zu einem Mülleimer, fischt eine leere Getränkedose heraus und schleudert sie mit aller Kraft in die Richtung des Hundes. Der kann gerade noch ausweichen und nimmt mit angelegten Ohren Reißaus, um in sicherer Entfernung wieder stehen zu bleiben und sich zu setzen.

Mit wutverzerrtem Gesicht reißt Philippe wahllos Dinge aus dem Mülleimer, um sie dem Hund entgegenzuschleudern, während er drohend auf ihn zugeht.

»Hau ab! Hau ab!«

Mit eingezogenem Genick und hängenden Ohren läuft der Hund davon, macht sich sang- und klanglos aus dem Staub.

Lange späht Philippe noch in seine Richtung, dann dreht er sich um und setzt seinen Weg fort.

Als er in eine Seitenstraße einbiegt, kann er den Hund nicht mehr sehen. Der ist inzwischen zu der Bank zurückgekehrt, von wo er ihn mit aufgerichteten Ohren leise winselnd beobachtet.

Morgen ist so wie gestern

Die Zukunft wird in der Gegenwart gelebt. Einer Gegenwart, die sich nicht beugen lässt. Oder wenn, dann nur im Infinitiv, der Form des Unbestimmten. Weil heute so ist wie gestern und morgen so wie heute.

Essen. Schlafen. Trinken. Sauber bleiben. Emmaus. Betteln. Auf den Titelseiten der Zeitungen das Datum lesen. An Claire denken.

Gehen. Waschsalon. Schlafen. Wasser lassen. Die Tage zählen. Essen. Tafel.

Kleidung finden. Caritas. Gehen. Notdurft verrichten. Betteln.

Würde bewahren. Nicht verrückt werden. Wasser lassen. Die Tage zählen.

Trinken. Waschsalon. Betteln. An Claire denken. Schlafen. Sich waschen. Auf den Titelseiten der Zeitungen das Datum lesen.

Schlafen. Sauber bleiben. Notdurft verrichten. Nicht sterben. Neue Schuhe besorgen.

Würde bewahren. Betteln. Nicht aufgeben. Essen. Trinken. Schlafen. Am Leben bleiben. An Claire denken. Leben. Überleben.

Die junge Frau auf der Parkbank

Erste Augusthälfte. Paris ist nicht mehr so überfüllt, nicht mehr so hektisch. Die Hupen klingen weniger aggressiv. Der Verkehr fließt besser, verhaltener. Die Terrassen der Cafés sind spärlicher besetzt als sonst. Die Kellner knallen den Gästen den Kaffee und das Glas Wasser weniger rabiat auf den Tisch. Obwohl es manchmal drückend heiß ist, atmet die Stadt besser.

Nachmittags geht er häufig in einen schattigen kleinen Park in der Nähe des Invalidendoms. Eines Tages sitzt um die Mittagszeit eine junge Frau um die dreißig, vielleicht etwas jünger, auf der Bank, auf der er sich gewöhnlich niederlässt. Sie isst ein Sandwich und liest dabei in einem Buch. Sie hat ein sanftes, offenes Gesicht. Er tritt näher.

»Entschuldigung … Guten Tag …«

»Guten Tag …«

»Stört es Sie, wenn ich mich dazusetze?«

Ein Anflug des Erschreckens flackert in den Augen der jungen Frau.

»Machen Sie sich keine Sorgen«, fügt er rasch hinzu. »Ich bin ganz leise und störe Sie nicht beim Lesen …«

Unauffällig sieht sie sich um. In dem Park sind noch andere Menschen. Sie zieht ihre Tasche zu sich heran.

»Danke …«

Er setzt sich. Er stützt die Ellbogen auf die Rückenlehne der Bank, atmet die kühle, schattige Luft.

Über die Zeilen ihres Buches hinweg wirft sie ihm verstohlen einen kurzen Blick zu.

Als sie nach einer Weile wieder in ihr Sandwich beißen will, besinnt sie sich anders und bricht das Schweigen.

»Möchten Sie auch ein Stück?«

Er sieht sie an.

»Ich habe schon gegessen, danke …«

Beide lächeln.

»Sind Sie sicher?«, beharrt sie und hält ihm das Sandwich hin.

»Bin ich, danke.«

Sie beißt hinein.

»Was lesen Sie da?«

Sie klappt das Buch zu und zeigt ihm den Einband.

»Entschuldigung, ich hatte gesagt, dass ich Sie nicht stören würde …«

»Es ist der erste Roman von Yaël Hirsch, *Psalmodien*, die Geschichte einer jungen Frau, der die Erinnerung an die Shoah und die damit verbundene Schuld keine Ruhe lässt.«

»Ist er denn gut?«

»Sehr traurig und sehr hart, aber er gefällt mir. Der Stil ist nüchtern und messerscharf.«

»Sie scheinen sich mit Büchern auszukennen.«

»Ich mache ein Praktikum bei GLM, das ist nur ein paar Straßen weiter …«

»Verzeihen Sie, aber … was ist das, GLM?«

Sie erklärt ihm das Prinzip dieses Buchclubs, für dessen Katalog sie im Rahmen ihres Praktikums Artikel schreibt, in denen die Bücher vorgestellt werden. Sie führen das Gespräch fort. Sie erzählt, dass sie mehrere Jahre als Regieassistentin bei Fernseh- und Kinoproduktionen gearbeitet hat. Irgendwann konnte sie das Milieu der Filmbranche nicht mehr ertragen und schrieb sich an der Uni ein, um auf diesem Weg an Praktika zu kommen und in die Verlagsbranche zu wechseln. Seit September ist dies ihr drittes, und sie hofft, dass ein befristeter Arbeitsvertrag daraus wird, denn die kümmerlichen Ersparnisse aus ihrem früheren Leben sind schon längst aufgebraucht.

»Das ist mutig von Ihnen, noch einmal ganz von vorn anzufangen ....«

»Und Sie?«

Sie nimmt sich eine Zigarette, bietet auch ihm eine an. Er greift zu, und dann erzählt er ihr alles: seine gescheiterte Ehe, seine Tochter, wie ihn seine Ex-Frau vor die Tür gesetzt hat, seine Höllenfahrt, sein täglicher Kampf, um nicht noch tiefer zu sinken, die Abwärtsspirale des Lebens auf der Straße, die Scham.

»Das dachte ich mir«, sagt sie, als er fertig ist.

»Wie ...?«

Er führt seinen Satz nicht zu Ende.

»Ihre zusammengewürfelte Kleidung, die Hose zu weit, das Polohemd zu klein ... Und dann die Art, wie Sie sich umsehen, als wären Sie ständig auf der Lauer ...«

Die beiden sehen sich an. Betretenes Schweigen. Die junge Frau schiebt ihr Buch in die Tasche und steht auf.

»Sie gehen?«

»Meine Pause ist zu Ende ...«

»Kommen Sie mittags häufiger hierher?«

»Das war heute das erste Mal.«

»Ich komme jeden Tag, um mich ein bisschen abzukühlen.«

»Dann also bis bald?«

»Sie wissen, wo Sie mich finden.«

Sie geht los.

»Ach, übrigens …«

Sie dreht sich um.

»Ich heiße Philippe …«

»Claire.«

Das Lächeln, das sich über Philippes Gesicht breitet, ist ehrlich und vollkommen spontan.

»Der Vorname meiner Tochter …«

Claire lächelt zurück und verlässt den schattigen, begrünten Platz.

Sie kommt nicht wieder, weder am nächsten noch an den darauffolgenden Tagen.

Gestern wird wieder morgen sein

Alles geht weiter und beginnt unaufhörlich wieder von vorn, anders und doch vollkommen gleich.

Betteln. Schlafen. Sich waschen. Das Datum auf den Zeitungen. Notdurft verrichten. Essen. Trinken. Schlafen. Sauber bleiben. An Claire denken. Nicht verrecken.

Pennen. Waschsalon. Essen. Pinkeln. Die Tage zählen. Trinken. Pullover und Schuhe besorgen. Caritas.

Gehen, um sich aufzuwärmen. Kacken. Schnorren. Würde bewahren. Nicht durchdrehen. Die Tage zählen. Neue Hose besorgen. An Claire denken. Wasser lassen. Essen.

Sauber bleiben. Emmaus. Betteln. Das Datum auf den Zeitungen. Kacken. Gehen. Pinkeln. Pennen. An Claire denken. Würde bewahren.

Nicht aufgeben. Pennen. Essen. Nicht einsam und elendig verrecken.

Gestern ist so wie heute und morgen so wie gestern. Zukunft und Vergangenheit zerfallen, dem Tode geweiht in einer Gegenwart, die kein Ende hat.

Oh, happy days!

Die Stadt erwacht aus ihrer sommerlichen Lethargie. Die Straßen füllen sich, die Boulevards stellen sich wieder zur Schau. In der Woche vor Septemberbeginn schlägt das Herz der Hauptstadt schon fast wieder so wild wie zuvor. Durch die großen Verkehrsadern strömen stockend die Autoschlangen. Das Stadtleben kommt wieder in Gang, mit allem, was das an Stress und schlechter Laune mit sich bringt. Die Hupen klingen wieder hart und aggressiv. Bei jedem Sonnenstrahl, der die schöne Jahreszeit verlängert, werden die Caféterrassen gestürmt, und die Kellner gehen wieder dazu über, den Gästen den Kaffee und das Glas Wasser vor die Nase zu knallen.

Überall künden großflächige Werbeplakate von der baldigen Rückkehr der kalten Jahreszeit: »Mit kleinen Preisen ab in den Herbst!« Abgesänge auf Sommer und Ferien, die langsam Abschied nehmen, um allmählich im Schwarz-Weiß der Erinnerung zu versinken. Während es tagsüber häufig noch warm ist, brechen die Abende und Nächte nun schneller herein. Nachmittags herrscht, was die Kleidung betrifft, in den Straßen noch Leichtigkeit, aber wenn der fahlgelbe Schimmer des Tages erlischt, entfalten sich auf den Schultern Pullover und an den Hälsen Tücher wie Mistelzweige an Bäumen. Unter dem rötlichen Gold, in das sich die Dunkelheit erst noch hüllt, sind schon die ersten schneidenden Bisse des Winters zu spüren.

Philippe geht zwischen geschäftigen Passanten dahin. Er trägt einen mehrere Monate alten Bart, der so wirr ist wie seine Kleidung. Bei jedem Schritt fallen ihm die flachsblonden, etwas fettigen Haare über die leichte Stirnglatze in die Augen. An der Schulter trägt er eine schlauchartige Tasche aus abgewetztem Jutestoff, abgewetzt vom körnigen, rauen Asphalt der Bürgersteige. Darin befinden sich, auf verschiedene Plastiktüten verteilt, die Bestandteile seines Lebens: Kleidung, die saubere und schmutzige ordentlich voneinander getrennt und sortiert – Unterhosen, Strümpfe, T-Shirts, Pullover, Sachen von Emmaus, der Caritas und anderswoher –, Deodorant, das er nach seinen beiden wöchentlichen Duschen benutzt, ein Handy, nutzlos, seit sein Abonnement gesperrt wurde, ein Schlafsack und einige zerstückelte Kartons, sorgsam gefaltet oder eingerollt.

Es ist 15 Uhr, Freitagnachmittag. Der Tag bleibt mild, wenn auch ein zarter Schleier darüberliegt. An sonnengebräunten, entblößten Frauenschultern hängen teure Designer-Taschen. Die Männer haben die Hände in die Hosentaschen geschoben, die Hemdsärmel bis zu den Ellbogen hochgekrempelt, die Jacken lässig über den Schultern. Die Wettervorhersagen fürs Wochenende geben sich optimistisch.

In seiner Aufmachung durchquert er die Menge. Die Blicke gehen durch ihn hindurch, als wäre er unsichtbar. Keiner dieser Menschen bemerkt, wie er sich zwischen ihnen durchschlängelt. Und keiner sieht, wie er ohne Fahrkarte in einen Zug steigt.

Nur ein Schatten an einer Wand

Der elektronische Gong, der den Unterrichtsschluss und das Wochenende ankündigt, hallt bis zum Gehweg, wo die Eltern auf ihre fröhlichen Sprösslinge warten. Minuten später gellen Schreie und helles Gelächter aus den Gängen, ehe die Kleinen in einem lärmenden Gewimmel aus Blondschöpfen, Rattenschwänzen, braunen Zöpfen, gesmokten Röcken und bunten Bermudashorts auf die Straße stürmen.

In dem ausgelassenen Tumult fällt niemandem auf, dass an der gegenüberliegenden Straßenecke, im Schatten einer Garageneinfahrt, ein Mann mit einer Umhängetasche steht. Es sieht auch niemand, wie seine Augen aufleuchten, als er ein kleines Mädchen mit weißem Haarband in einem Kleid mit marineblauen Volants entdeckt, das zusätzlich zu dem riesigen, auf den Rücken geschnallten Schulranzen ein großes bebildertes Märchenbuch in den Armen hält.

Philippe beobachtet, wie Claire sich von ihren Freundinnen verabschiedet und zu Sandrine geht, die von einem Mann um die vierzig begleitet wird, zwangloser Schick mit Sonnenbrille. Als Claire ihn sieht, verlangsamt sie unmerklich ihren Schritt, dann geht sie in normalem Tempo weiter auf die beiden zu.

Sie gibt ihrer Mutter einen Kuss. Dann weicht sie ein wenig zurück, und ihr Blick wandert zwischen Sandrine und dem Mann hin und her, das Buch fest an ihre Brust gedrückt.

»Sagst du Laurent nicht Hallo?«

»Hallo, Laurent …«

»Hallo, hübsche Fee!«

»Ich bin keine Fee, ich bin eine Prinzessin!«

Laurent hockt sich nieder.

»Gibst du mir ein Küsschen?«

Claire geht zu ihm und gibt ihm mit zu Boden geschlagenem Blick und spitzem Mündchen einen Kuss auf die Wange.

»Laurent fährt übers Wochenende mit uns zu Großmama und Großpapa, das ist doch toll, oder?«

Claire nickt mechanisch.

»Du wirst sehen, wir drei werden viel Spaß haben …«

Ein ungewisses Schweigen legt sich über die Gruppe.

»Okay, gehen wir?«

»Ihr Wunsch sei mir Befehl, Madame …«

Laurent wendet sich an Claire.

»Mademoiselle … Soll ich dir das abnehmen?«, fragt er und streckt die Hand nach ihrem Buch aus.

Sie weigert sich. Ihre Mutter sieht sie streng an.

»Claire, sei nicht albern.«

Die Kleine weicht zurück und drückt das Buch noch fester an sich. Im Schatten der Garageneinfahrt huscht ein Lächeln über Philippes Gesicht.

Laurent wendet sich fragend an Sandrine. Sie zuckt mit den Schultern und geht los. Claire folgt ihnen mit mehreren Metern Abstand.

Als ihr Blick zufällig zur anderen Straßenseite schweift,

verharrt er auf dem Schatten, in dem sich Philippes Silhouette abzeichnet. Sie bleibt stehen, kneift die Augen zusammen.

Sandrine dreht sich zu ihr um.

»Was ist denn, Claire?«

Claire fixiert ihre Mutter, dann kehrt ihr Blick zu der Stelle zurück, an der ihr Vater stand.

Sandrine kommt auf ihre Tochter zu.

»Was gibt's denn noch?«

Claire deutet mit dem Zeigefinger auf den gegenüberliegenden Bürgersteig und das Garagentor. Sandrine starrt mit gerunzelter Stirn in die angezeigte Richtung.

»Hast du da etwas gesehen?«

»Da war jemand …«

Sandrine wirft noch einen prüfenden Blick auf die Garageneinfahrt. Da sie niemanden sieht, nimmt sie ihre Tochter an der Hand und zieht sie hinter sich her.

»Das war nichts, mein Schatz, nur ein Schatten an einer Wand …«

Weihnachtslichter

Die Straßen sind erleuchtet. Sie haben ihre diamantenen Kleider angelegt. In der Nacht funkeln die Bäume der Champs-Élysées strahlender als die Milchstraße am Himmel. In den Schaufenstern spiegeln sich tausend Versprechungen und tausend Überraschungen. Trotz Finanzkrise wimmelt es in den Warenhäusern wie in überfüllten Bienenstöcken, und an den Kassen bilden sich Staus wie vor den Mautstationen im Reisemonat August. Die EC-Karten summen knisternd ihre sanfte Liturgie und lassen Traumpailletten auf die Wimpern der Kinder rieseln. In den Straßen defilieren von morgens bis abends Mäntel, Blousons, Schals, Handschuhe, Mützen. Überall Taschen, Tüten, Geschenkpakete, eins schillernder als das andere – rote, blaue, lila, grüne, gelbe, silberne, goldene –, mit Sternen, Planeten, Schneemännern, Schlitten oder Weihnachtsbäumen bedeckt. Allüberall erstrahlen die Weihnachtslichter in vollem Glanz.

Die Nacht bricht früh an. Schon um 16 Uhr senkt sich langsam die Dunkelheit über die Stadt. Und mit ihr die Kälte. Schwer, durchdringend, schneidend. Auch am Nachmittag bleiben die Temperaturen niedrig. Selbst wenn die Sonne scheint, wird es nicht warm.

Sobald die Schatten länger werden, hüllen sich die Passanten warm ein, vermummen sich, gehen schneller. Sie kommen aus einem Geschäft, um rasch ein anderes zu betreten, um sich in der vorläufigen Wärme eines Cafés oder einer Metrostation oder eines Autos und dann endlich bei sich zu Hause im Warmen, hinter verschlossenen Türen zusammenzukuscheln.

Er selbst setzt seine Wanderung fort. Gehen, um nicht zu Eis zu erstarren. Gehen, um einen Ort zu finden, an dem man die nächste Nacht verbringen kann. Gehen, um die Kälte zu bannen.

Mit dem Dämmerlicht beginnt für ihn der eigentliche Tag. Erst das Halbdunkel, das sich über die Stadt legt, gibt ihm die Möglichkeit, sich in die warmen Abteilungen eines Monoprix, eines Super U oder anderen Geschäfts zu schleichen. Versteckspiel mit den Türstehern, Fluchten oder gewaltsame Rausschmisse.

Dann gehen die Türen zu. Nur die Schaufenster verharren in Pose, wie eingefroren in ihrer fahlen, eisigen Pracht. Was also bleibt, sind die Notunterkünfte, die seit dem 1. November wieder geöffnet sind, sofern man dort einen Platz findet. Ansonsten bis ein Uhr morgens die Metro. Und dann – es sei denn, man schafft es, sich einschließen zu lassen – die Straße, die Nacht. Und dort vielleicht mit etwas Glück die Wärme eines noch nicht besetzten Belüftungsschachts.

Vor ein paar Tagen wurden die ersten Minustemperaturen gemessen. Die sozialen Notdienste stoßen an ihre Grenzen. Seit Monatsanfang ist Stufe 1 des winterlichen Hilfsprogramms für Obdachlose in Kraft. Damit Stufe 2 ausgerufen wird, muss es allerdings noch ein paar Grade kälter werden: Minustemperaturen am Tag und in der Nacht Kältegrade zwischen –5 °C und –10 °C. Bisher schwanken die Temperaturen am Tag zwischen +2 °C und +4 °C, und auch in der Nacht sinkt das Thermometer nicht unter −3 °C. Es gibt tatsächlich keine richtigen Jahreszeiten mehr. Die Experten führen den Klimawandel ins Feld. Sie rechnen damit, dass die kommenden Monate ungewöhnlich kalt werden.

Anfang Dezember. Der Winter hat gerade erst angefangen.

Notruf

Seit fast zwei Stunden läuft er ohne Unterlass. Seine Schritte sind langsam, erschöpft. Alle Belüftungsschächte werden schon von einem oder mehreren Menschen okkupiert. Die brauchbaren Ecken und Eingänge ebenfalls. Hin und wieder bleibt er stehen, schließt die Augen, und sein Körper beginnt unmerklich zu wanken. Das Wanken wird stärker, bis er kurz vor dem Umkippen zusammenzuckt und sich in letzter Sekunde fängt. Er rückt seine Tasche zurecht, holt tief Luft, zieht den Kopf ein, die Schultern hoch und setzt seinen Weg fort.

Später geht er quer über einen Platz, auf dem eine der seltenen Telefonkabinen steht, die das Aufkommen des Handys überlebt haben. Er will weiter, um die gegenüberliegende Straße zu erreichen, aber dann blickt er sich um und macht kehrt. Er betritt die Kabine, nimmt den Hörer, wählt die 115, den Obdachlosennotruf. Nach zweimaligem Klingeln wird abgehoben.

»Hallo …«, stammelt er in den Hörer.

Ein Tonband springt an und teilt ihm mit, dass seine Wartezeit achtzehn Minuten nicht überschreiten wird. Zunächst hält er sich den Hörer weiter ans Ohr, dann legt er abrupt auf und schlägt mit aller Kraft auf die Metallverschalung des Telefons ein.

Nach und nach werden seine Schläge langsamer und verlieren an Kraft, bis sie schließlich ganz erlahmen. Seine Hände zittern. Er greift wieder nach dem Hörer und wählt dieselbe Nummer. Wieder zwei Klingeltöne, dann dieselbe Nachricht, aber jetzt nur noch vierzehn Minuten Wartezeit. Er seufzt, lehnt sich an die Glaswand der Kabine und legt den Kopf in den Nacken. Schließlich meldet sich am anderen Ende eine menschliche Stimme.

»Obdachlosennotruf, guten Abend …«

»Die Notunterkunft … wo ist das?«

»Entschuldigen Sie, aber können Sie mir erst sagen, wo Sie sich gerade befinden?«

Er nennt den Ort.

»Bleiben Sie dran, ich schaue nach, ob es in den umliegenden Zentren noch freie Plätze gibt und ob in Ihrer Gegend ein Wagen unterwegs ist …«

Wieder eine Stimme vom Band, die um Geduld bittet. Nach einigen Minuten: »Tut mir leid, es gibt nur noch Plätze im CHAPSA in Nanterre. Aber unsere innerstädtischen Busse sind alle überfüllt, Sie müssen selbst zur Porte de la Villette fahren. Mit der Metro ist das von dort, wo Sie jetzt sind, nicht weit …«

Er legt auf. Wie gelähmt steht er da, bis er endlich seine Tasche aufhebt und die Kabine verlässt.

Auf dem gegenüberliegenden Bürgersteig der Kreis mit dem gelben M – die Metro.

Obdachlosenbrigade

Er tritt aus der Metrostation und starrt suchend in die Nacht. Er kneift die Augen zusammen, sein Blick schweift durch die Dunkelheit, bis er einen »Blauen« entdeckt, einen Polizisten der Obdachlosenbrigade. Einige Meter hinter dem Mann stehen schwankende, gestaltlose Silhouetten, grau wie der Asphalt und die Häuser in diesem Stadtteil.

Er geht hin, stellt sich dazu. Alle halten Abstand zueinander, ob einzeln oder in kleinen Zweier- und Dreiergrüppchen. Es sind etwa zehn, ein bunt zusammengewürfelter Haufen. Drei von ihnen sind Russen, die sich erregt unterhalten. Sie sind nicht älter als dreißig, sauber und gut gekleidet: Jeans oder Stoffhose, Hemd, Pullover, Leder-Blouson, Schal, Handschuhe, Turnschuhe. Vier Männer mit alterslosen, zerfurchten Gesichtern reichen eine Plastik-Weinflasche herum, rauchen selbst gedrehte Zigaretten und tauschen deformierte Wortfetzen aus. Ihre Bekleidung ist ein Sammelsurium aus alten Klamotten, die nicht zusammenpassen und auf anarchische Weise übereinandergeschichtet sind. Die Gruppe verströmt einen Geruch nach kaltem Rauch, umgeschlagenem Wein, verklebtem Schweiß, getrocknetem Urin und Exkrementen, der sich, je nachdem wie der Wind steht, mehr oder weniger penetrant aufdrängt. Etwas abseits ein Pärchen um die zwanzig, struppige Haare, eng umschlungen, komplett tätowiert und gepierct. Und schließlich noch eine einzelne Frau um die fünfundzwanzig, entkräftet und ausgezehrt, weite Pupillen in glasigen Augen.

Als er dazukommt, wird er reihum von der Seite anvisiert, dann gleiten die Blicke mit der Gleichgültigkeit jener, denen die Straße alle Illusionen geraubt hat, an ihm ab. Er rückt seine Umhängetasche zurecht, steckt die Hände tief in die Taschen seines Blousons, zieht das Kinn ein und wartet.

Einer der vier Saufbrüder schlurft hinter seinem Rücken an ihm vorbei, um schwankend an eine Wand zu pinkeln. Als er sein Werk vollendet hat, kommt er auf ihn zu. Mit seiner roten Hose, dem langen grauen Wollmantel und der Bommelmütze hat er etwas von einem grotesken, traurigen Clown.

»Bist du ’n Neuer?«

Seine Stimme klingt rau, verräuchert vom Teer der Straße, heiser vom schlechten, wässerigen Wein.

»Nicht wirklich«, antwortet er.

»Ich bin seit zwanzig Jahren dabei, Junge, jawoll, zwanzig Jahre! Nanar heiß ich, Nanar vom Trottoir werd ich sogar genannt, jawoll!«

Sie sehen sich an, taxieren sich. Nanar vom Trottoir mustert ihn aus halb geöffneten, vom Alkohol geröteten Augen. Seine bräunliche Gesichtshaut ist so geriffelt wie die eines Männerhodens.

»Irgendwann keine Arbeit mehr …«, fährt er fort. »… keine Frau … die Eltern längst verreckt … Und hopp, das war’s dann, jawoll!«

Er zieht an seinem krummen, selbst gedrehten Zigarettenstummel und hält ihn Philippe hin. Der lehnt ab.

»Was führt dich her?«

»Meine Frau. Die hat mich rausgeschmissen.«

»Meine Schlampe auch, die hat mich auch rausgeschmissen ... Jawoll, vor zwei Jahren ... Alles Schlampen! ... ALLES SCHLAMPEN!!!«

Seine drei Begleiter knurren etwas von geficktem Arschloch!, Schnauze!, Verpiss dich, verdammt!, und für einen kurzen Moment tauschen die vier Saufkumpanen weitere Schimpfworte aus – Wandelnde Pissbude!, Dünnschiss auf Beinen! –, dann kehrt wieder relative Ruhe ein. Der Mann bleibt in Philippes Nähe, brummelt unverständliche Dinge vor sich hin. Nachdem sie über eine Viertelstunde gewartet haben, wird Nanar schlagartig munter.

»Da, die Blauen!«

Philippe dreht sich um. Ein Bus kommt näher. In schleppendem Aufruhr suchen alle ihre Sachen zusammen.

»He, Neuer, du hast Schwein, die haben extra für dich den dicken Bus rausgeholt!«

Nanar bricht in ein schauerliches Gelächter aus, das sein durchlöchertes Gebiss entblößt, und gesellt sich zu seinen Saufgenossen.

Langsam bilden die Wartenden eine Traube vor dem ebenfalls wartenden Polizisten. Der Bus kommt zum Stehen. Zwei weitere Polizisten der Obdachlosenbrigade steigen aus und postieren sich zu beiden Seiten der Tür. Der Pulk setzt sich in Bewegung. Nach Geburtsjahren aufgerufen, steigen sie einer nach dem anderen ein. Die Russen sind trotzdem wie selbstverständlich die Ersten. Danach kommen die vier Clochards. Dann er und schließlich das junge Pärchen. Jeden von ihnen fragt ein Polizist, der hinter dem Fahrer sitzt, nach Familiennamen, Vornamen und Geburtsdatum. Als er an der Reihe ist, wühlt er in seinen Taschen.

»Nicht nötig«, unterbricht ihn der Fahrer. »Wir brauchen keine Papiere …«

Er gibt seine Personalien an. Der Polizist notiert sie. Er durchquert den Bus. Es gibt etwa sechzig Plätze. Die Russen sitzen vorn. Sie okkupieren eine ganze Bank. Einer von ihnen reinigt sich provozierend lässig mit einem Messer die Fingernägel. Ganz hinten haben sich die vier von der Straße breitgemacht. Er nimmt in der Mitte Platz, zwischen den beiden Gruppen. Das Pärchen setzt sich hinter ihn, während die beiden Blauen, die ausgestiegen waren, um sie in Empfang zu nehmen, vorn hinter einer Scheibe, die sie vom restlichen Wagen trennt, ihre Plätze einnehmen. Die Junkie-Frau ist nicht eingestiegen, sondern verschwunden.

Die Türen gehen zu. Der Bus rollt mühsam an, rumpelt über die ersten Meter, und der Transport setzt sich in Bewegung.

Im Bauch des Busses

Zu Beginn verläuft die Fahrt ohne nennenswerte Vorkommnisse. Die drei Russen reichen ein Fläschchen herum, aus dem sie tief inhalieren. Hinten im Bus macht zwischen den vier Säufern die Plastikflasche weiter die Runde. Der Gestank der Männer zieht immer penetranter durch das hermetisch abgeschlossene Businnere. Die jungen, eng umschlungenen Turteltauben rühren sich nicht. Sie scheinen gleichgültig gegenüber allem, was um sie herum geschieht, ihre Blicke verloren in den Lichtern jenseits der Fensterscheibe.

Nach mehreren Zwischenstopps sind sie jetzt dreiundzwanzig. Dazugekommen ist eine Handvoll neuer Fahrgäste, die meisten offenbar aus osteuropäischen Ländern oder dem Maghreb; bis auf zwei weitere Nanars vom Trottoir wirken sie insgesamt einigermaßen gepflegt. Zwei Russen haben sich unter kräftigen, herzlichen Umarmungen zu ihren Landsleuten gesellt. Die Atmosphäre ist etwas lebhafter geworden, die Gerüche noch durchdringender, im Großen und Ganzen bleibt es jedoch weiterhin ruhig.

Einige Kilometer vor Nanterre fährt der Bus in den Ort La Garenne-Colombes ein. Er hält an der Place de Belgique, um einen letzten Zwischenstopp zu machen. Der Parkstreifen ist brechend voll. Sofort drängen sich über hundert Obdachlose in dichten Trauben vor den Türen des Busses, eine unbestimmbare Masse, wogend und tosend wie ein Ozean. Man drängelt, man schimpft, man beleidigt sich.

Über anderthalb Stunden lang erklimmen sie nacheinander den Bus, aufgerufen nach ihren Geburtsdaten. Die Russen halten sich gewaltsam jeden vom Hals, dessen Ausdünstungen von zu vielen Jahren auf dem Asphalt zeugen. Einer der Zugestiegenen weigert sich, weiter hinten nach einem Platz zu suchen. Die Stimmen werden laut. Geschubse, Beleidigungen, Drohungen in zwei Sprachen, die gegeneinanderprallen, Wortgefechte und aufs Geratewohl die ersten Schläge, bis der Moskauer sein Messer zieht und es dem Widerspenstigen fest an die Gurgel drückt. Die Polizisten sind so damit beschäftigt, die zänkische Menge am Einsteigen zu hindern, dass sie den Vorfall nicht bemerken. Eingreifen könnten sie ohnehin nicht, ohne einen Aufstand zu riskieren oder von der Menge überrollt zu werden. Nach einer Weile legt sich die Aufregung wieder. Der Mann geht schwankend und leise fluchend weiter, Russen-Ärsche!, verfickte Russkis!, Immigrantenpack!

Ein anderer trauriger Asphalt-Clown mischt sich ein: »Ja, genau, nichts wie beschissener ausländischer Abschaum! … Die klaun uns alles … Arbeitsplätze … Frauen … Sozialhilfe … Sogar das Elend … Dreckiges Gesindel! Aber irgendwann … die siebte Posaune … und dann die Partei … und der Einäugige … Jean-Marie Le Pen … für Frankreich! …« Er bekreuzigt sich und beginnt zu beten, eine Litanei aus wirren, unverständlichen Worten.

In dem Maße, in dem sich der Bus füllt, steigt auch die Temperatur, und mit ihr dehnt sich der Gestank aus, verseucht die Luft mit seinen widerlichen, penetranten Ausdünstungen von Schweiß, feuchten Schuhsohlen, nass geschwitzten Füßen, beißendem Urin, unappetitlichen Fürzen, gepanschtem Wein und kalter Asche.

Als sich die Türen schließen, obwohl auf dem eisigen Asphalt immer noch Menschen stehen, ist die Atmosphäre im Bus aufgeladen, stickig und laut. Die vier Schnapsbrüder brechen in schallendes Gelächter aus, als einem der Ihren ein bräunliches Rinnsal aus der Hose läuft und auf den Boden tropft. Das junge, weltfremde Paar hat immer noch keinen Mucks getan.

Endlich setzt sich der Bus unter den Buhrufen der auf dem frostklirrenden Bürgersteig Zurückgebliebenen ruckelnd in Bewegung und entschwindet hin zu seinem Bestimmungsort im Dunkel der Nacht.

Endstation

Die Türen öffnen sich in Nanterre an der Avenue de la République 403, und die Menschenmenge quillt aus dem Bus. Weitere Polizisten und Mitarbeiter des Obdachlosenheims nehmen die Leute in Empfang. Zwischen den beiden Lagern gehen einige spöttische Bemerkungen hin und her:

»Du schon wieder? Haste dir 'n Abo besorgt, oder wie?«

»Ein Abo, jawoll, und zwar eins für rein in deinen Arsch!«

»Los, los, Beeilung!«

Einige Männer bleiben provokant stehen und nehmen soldatische Haltung an.

»Los, schneller!«

»Ah! Nanar der Trottoir!«

»*Vom* Trottoir, Arschloch! Nanar *vom* Trottoir!«

Der Pulk schiebt sich weiter in die Innenräume, wo er auf eine ebenso bunt zusammengewürfelte Schar seltsamer Gestalten trifft, die schon früher eingetroffen sind.

Um diese Uhrzeit ist das Erdgeschoss noch einigermaßen sauber. Ein zentraler Flur führt zur Empfangstheke, den überwachten Ablagefächern und den Toiletten. Jeder erhält einen kleinen Zettel, auf den er seinen Namen schreibt.

Nun beginnt ein langwieriges Warten darauf, endlich

mit ausgefülltem Formular das blaue Kärtchen in Empfang zu nehmen, auf das der eigene Name und die Nummer des zugewiesenen Bettes gedruckt ist. Im Lauf der Minuten, die sich aneinanderreihen, wird die Stimmung, wie schon auf dem Parkplatz in La Garenne-Colombes, immer aufgeheizter. Es sind nur drei Mitarbeiter, alles Männer, die sich um die rund sechzig Neuankömmlinge kümmern müssen.

»Sind Sie zum ersten Mal hier?«, fragt ihn einer der drei.

Er nickt schweigend. Der Mann fährt fort, den Bogen auszufüllen.

»Keine Hepatitis? Aids?«

Er schüttelt mehrmals den Kopf.

»Gut, Sie können gleich essen gehen.«

Der Mann schiebt den Kugelschreiber in die Brusttasche seines Arbeitskittels.

»Möchten Sie Ihre Sachen abgeben oder lieber behalten?«

Er betrachtet die Ablagefächer.

»Keine Sorge, die werden ständig überwacht.«

Er zuckt mit den Schultern und folgt dem Mann. Der wechselt ein paar Worte mit dem für die Sicherheit der Fächer zuständigen Kollegen.

»Wir haben ein Computer-Problem, die werden ihre Karten erst nach dem Essen kriegen …«

»Hast du seine Nummer?«

Der Mann schaut auf den ausgefüllten Bogen.

»217.«

Philippe stellt seine Tasche in ein leeres Fach, das mit seinem Namen und seiner Nummer beschriftet ist. Das Ganze ähnelt eher einem in Kästen unterteilten Müllabladeplatz.

»Ihre Karte geben ich Ihnen dann nach dem Essen«, sagt der Mann, während er zur Theke zurückgeht, um den Nächsten abzufertigen.

Wieder warten.

Dann ist endlich Zeit fürs Abendessen.

Die Suppe auslöffeln

Er betritt den Speisesaal, einen weitläufigen Raum, in dem große Tische aus zerkratztem, ramponiertem Resopal stehen. Die Wände sind von zahlreichen Fenstern durchbrochen, die tagsüber Licht hereinlassen. Doch nachts, im kalten Neonlicht, spiegeln sich nur die fahlen Silhouetten der Gäste darin.

Im wirren Lärm der klappernden Teller und Bestecke geht er an einen Tisch, an dem schon das junge Turteltauben-Pärchen und drei Männer um die dreißig sitzen, in Anzug und offenem Hemd. Bei zwei von ihnen stehen Laptop-Taschen neben den Füßen.

Sie mustern sich, dann werden die Gespräche fortgesetzt.

»Und du? Findest du mit deinem Mindestlohn immer noch keine Wohnung?«

»Genauso wenig wie du!«

»Aber du arbeitest bei der Stadt, verdammt!«

»Ich bin Aushilfskraft, das ist noch schlimmer als ein Zeitvertrag …«

»Und was ist mit dir? Du hattest doch ein heißes Eisen im Feuer, oder?«

»Ist nichts draus geworden …«

»Scheiße, das gibt's doch überhaupt nicht!«

Vor ihm steht eine angeschlagene Trinkschale samt Metalllöffel. Kein Messer. Der Geruch nach Suppe vermischt sich mit den Gerüchen der stinkenden Körper, die an den Tischen sitzen.

Eine zerbeulte Metallschüssel und ein paar trockene Brotstücke werden hingestellt. Man bedient sich. Das Gespräch geht weiter. Er isst schweigend. Ein Stuhl bleibt leer.

An den anderen Tischen wird vor sich hin geknurrt, gegrölt und geschnauzt, an vorderster Front Nanar vom Trottoir. Die Russen haben dafür gesorgt, dass die Plätze um sie herum frei sind. Als die Suppe kommt, steht an einem anderen Tisch der Le-Pen-Anhänger auf und beginnt das Tischgebet zu sprechen.

»Segne dieses Mahl, o Herr …«

Einige nehmen ihre Mützen ab, bekreuzigen sich, falten die Hände oder tun das Gegenteil, lachen dreckig, rufen »Schnauze!«, »Lutsch mir den Schwanz!«, »Schwuchtel!« und werfen mit Brotstücken nach dem Mann.

Er beendet sein karges Mahl, stellt die leere Schale auf den Servierwagen, der zwischen den Tischen vorbeigeschoben wird, und erhebt sich, um den Speisesaal zu verlassen.

Auf der Türschwelle begegnet ihm der Mitarbeiter, der sein Anmeldeformular ausgefüllt hat.

»Hier, Ihre Karte. Die Nummer ist gleichzeitig Ihre Bettnummer, zweite Etage.«

Er nimmt die Karte.

»Die sollten Sie immer bei sich haben, und achten Sie darauf, sie nicht zu verlieren, denn die brauchen Sie noch, um Ihre Sachen abzuholen.«

Er schiebt sie in die vordere Hosentasche.

»Wenn Sie wollen, können Sie morgen früh mit einer Sozialarbeiterin sprechen.«

Er geht.

»Gute Nacht …«

Ein Fenster zur Welt

Er trottet durch die Gänge. Bleibt vor einer halb geöffneten Tür zu einem Zimmer stehen, in dem in zwei Metern Höhe hinter einer Scheibe aus Sicherheitsglas ein kleiner Fernseher thront. Ein Dutzend Übernachtungsgäste sitzen auf Stühlen und verfolgen die Spätnachrichten, wobei eine Weinflasche aus Plastik herumgereicht wird.

Er lehnt sich an den Türrahmen. Das Fenster zur Welt strahlt eine Reportage über die auf der Place de la Bastille organisierte große Solidaritätsveranstaltung aus. Aufgrund der Minustemperaturen der letzten Tage erlebt das Thema Obdachlosigkeit in den Medien einen vorzeitigen Boom. Über den kleinen Bildschirm marschieren Kinostars, VIPs, Politiker und Politikerinnen jeder Couleur sowie einfache, anonyme Menschen, die alle miteinander bestürzt sind über dieses »menschliche Drama«, erfüllt vom Gedanken der »Solidarität« und empört über derart »tragische Lebensbedingungen«. Vor dem Auge der Kamera sind die Gesichter ernst, die Blicke, die Stimmen, der Ton feierlich.

»Die Regierung hat ihre Versprechen nicht eingelöst!«

»Ich habe persönlich die unverzügliche Bildung eines Sachverständigenrats gefordert, der sich mit diesem drängenden Thema befassen soll ...«

»Diese Frage betrifft uns alle! Es geht um die Würde des Menschen!«

»Wir können nicht hinnehmen, dass Nacht für Nacht Männer und Frauen sterben und sich niemand dafür interessiert! Gerade in Frankreich, dem Land der Menschenrechte!«

Im Fernsehzimmer erhebt sich Protestgeschrei, begleitet von Hohngelächter und Gemurre:

»Aber sicher doch! Geh doch zu deiner Schlampe zurück und besorg's ihr!«

»Genau, du Arschloch!«

»Und die schlafen alle im Warmen!«

»Scheiß-Spießer!«

»Verarschen können wir uns selbst!«

Am Ende zerschellt eine halb volle Flasche an der Scheibe aus Sicherheitsglas.

»Verdammt, Marcel, der Wein!«

Lallende Wortgefechte, dreckiges Gelächter.

Er löst sich vom Türrahmen und dreht sich auf dem Absatz um.

Ausgangssperre

Im zweiten Stock findet er sein Zimmer, einen kleinen Raum mit drei Etagenbetten. Jedes ist mit einer Nummer versehen. Auf der anderen Seite des Raums führt eine Tür zu einem Badezimmer mit Duschen und Toiletten.

Er geht zu seinem Schlafplatz. Der, der über ihm schlafen wird, hat sich bereits hingelegt. Ein im Großen und Ganzen sauberer Mann um die vierzig, der gerade eine Zigarette raucht. Sie wechseln einen Blick, aber keine Worte. Was die anderen Zimmergenossen betrifft, so liegen einige schon zusammengekrümmt unter ihren Decken, während andere noch dabei sind, sich auszuziehen und ihre durchdringenden Körpergerüche in den Raum zu entlassen. Zwei von ihnen gehören zur selben Spezies wie Nanar vom Trottoir. Die fallenden Kleiderschichten entblättern ihre aufgeblähten Bäuche, ihre skelettartigen Beine und Arme. Das rötliche Braun ihrer Gesichter, Hälse, Hände und Füße kontrastiert mit dem von Gänsehaut überzogenen Weiß der Körper, die zudem mit grünen Äderchen und Schorf bedeckt sind.

Einer der beiden Asphalt-Clowns fängt seinen Blick auf.

»Tjaja, Jüngchen«, schleudert er ihm ins Gesicht, »Schmuddelbräune? Pennerbräune!«

Wortlos wendet er sich ab und faltet seine Decke auseinander. Die Matratze ist mit einer weißen Plastikhülle bezogen, auf der allerlei bräunliche Flecken zu sehen sind. Als er sein Bett macht, runzelt er die Stirn: Auf der braunen Wolldecke tummeln sich mikroskopisch kleine, hellgrau schimmernde Pünktchen. Parasiten.

»He, Grüngurke!«, spricht ihn der Clown nochmals an und kratzt sich dabei den Bauch. »Mach nicht so 'n Gesicht! Wenn du nach Nanterre kommst und noch keine Tierchen hast – beim Rauskommen haste se bestimmt!«

Wieder das höhnische Grinsen. Im Flur macht einer der Mitarbeiter die Runde.

»Los, los, Leute, Zapfenstreich!«

Nanars Klone schimpfen leise »Scheiß-Fascho!« und »Schlimmer als die Armee, dieser Knast hier!« vor sich hin und legen sich auf ihre Betten. Einer der beiden knotet die Schnürsenkel seiner Schuhe aneinander und legt sie sich um den Hals.

Er selbst zieht die Decke und das Kopfkissen von der Matratze, wirft sie unters Bett und legt sich hin.

Einige Minuten später geht das Licht aus. Die Fenster haben keine Vorhänge. Draußen ist die Nacht fahl. Bleiches Mondlicht durchflutet den Raum.

Er schließt die Augen.

Rastlose Nacht

Einen Moment lang ist es ruhig, dann starten die beiden Asphalt-Clowns ihren nächtlichen Rabatz.

»He, Pierrot, knack die Pulle!«

Das Rascheln einer Tasche, das Knistern einer Tüte, dann laut gluckernde Schluckgeräusche.

»He, trink mir nicht alles weg, du Arsch!«

Ein tiefer, klangvoller Rülpser.

»Ist ja schon gut! Man wird ja wohl mal kurz seinen Durst löschen dürfen!«

Die Reaktionen der Mitbewohner lassen nicht auf sich warten.

»Schnauze, ihr Penner!«

»He, und was bist du? Die Königin von England vielleicht?«

»Halt's Maul, du Drecksack!«

»Na los, komm her und sag das noch mal, du schmieriger Ausländer-Bastard!«

Einige Bemerkungen fallen in fremden Sprachen aus dem slawischen oder maghrebinischen Raum und werden plötzlich von einem klammen Furz übertönt.

»Mist, ich muss scheißen!«

Dann das Quietschen eines Bettes, aus dem jemand den

gefährlichen Abstieg wagt. Kurz darauf durch die offene Badezimmertür ein knatterndes Konzert von Gedärmen.

Am Ende siegen die Kälte und die Müdigkeit, die sich im Lauf des Tages angestaut haben, über das allgemeine Chaos. Es beginnt eine Symphonie der Magensäfte und Rachenschleimhäute. Man hört nur noch sägendes Schnarchen, kollernde Mägen, Darmgeräusche, Räuspern, Geröchel und endlose, erstickungstodähnliche Hustenanfälle. Dazu die stummen, schmierigen Geruchsarien, gewürzt mit dem scharfen Schweiß feuchter Achseln und Füße und den üblen, durch gepanschten Wein und kalten Rauch verpesteten Mundgerüchen.

Er wälzt sich auf seinem Bett hin und her. Der Schlaf rieselt ihm durch die Finger wie feiner Sand. Er setzt sich auf und sieht in dem in Mondlicht getauchten Zimmer auf seine Uhr: 3 Uhr 15.

Er steht auf, geht die Treppe hinunter Richtung Erdgeschoss. Aus den anderen Zimmern dringt das gleiche Konzert von scheppernden Organen. Sogar in den Fluren schlafen, auf dem Boden ausgestreckt, einige Menschen. Unten sitzt, schnarchend an eine Wand gelehnt, ein Mann, den Ellbogen in sein Erbrochenes getaucht.

Er geht in die Toilette neben den Ablagefächern. Ein Teil des Bodens ist mit bräunlich-gelbem Urin bedeckt. In einem der Pissoirs verstopft ein Kothaufen den Abfluss. Schnell pinkelt er in ein anderes und geht wieder in den Eingangsbereich.

Alles leer.

Er schweift weiter durch die Flure, bis er sich vor dem Fernsehzimmer wiederfindet. Auch hier keine Menschenseele. Der Fernseher ausgeschaltet. Umgekippte Stühle. Leere Plastikflaschen über den Boden verstreut. Rote Weinflecken erinnern an die Flasche, die gegen das Sicherheitsglas vor dem Bildschirm schlug.

Er setzt sich, lehnt den Kopf an eine Wand, schließt die Augen und schläft ein.

Es ist kurz nach vier Uhr morgens.

Niemandsland

Schritte reißen ihn aus dem Schlaf. Er sieht auf die Uhr: Es ist fast sechs.

Er verlässt das Fernsehzimmer und wandert durch die Flure, deren Böden mit Abfall und undefinierbaren Flüssigkeiten bedeckt sind.

Der Alte sitzt immer noch schlafend an der Wand, den versteinerten Arm in die angetrocknete Pfütze aus Erbrochenem getaucht. Der Gestank der oberen Stockwerke hat sich im ganzen Gebäude verteilt. Wie ein unsichtbarer, kompakter Überwurf breitet er sich über alle Dinge und Menschen, hängt schwer in der Luft wie kalter Rauch. Alles ist ruhig.

Er geht in den Speisesaal, der um diese Uhrzeit noch vollkommen leer ist. Jemand kommt aus der Küche.

»Frühstück gibt's ab sieben!«

Er dreht sich um und kehrt in den Eingangsbereich zurück. Mitarbeiter kommen und gehen, grüßen ihn mit ausweichendem Nicken.

Er geht hinaus in den Hof, macht seinen Blouson zu, setzt die Mütze auf, zündet sich eine Zigarette an und atmet die eisige Morgenluft ein.

Laternen beleuchten die Straße. Sie werfen fahle Lichtstreifen auf die Umgebung. Der Himmel ist noch schwarz und mit Sternen übersät.

Die Morgenröte kommt nicht.

Wir kommen alle ins Paradies

Er verlässt das Obdachlosenheim, streift über die Gehwege, lässt sich treiben. Er überquert eine Brücke, biegt links ab in eine schlecht beleuchtete Straße, eigentlich nicht mehr als ein schmaler, asphaltierter Weg. Er geht an einem großen Schuppen entlang, vor dem ein Haufen übereinandergestapelter Rohre liegt. Ein Stück weiter erheben sich die Lagerhäuser und Fabriken des Industriegebiets von Nanterre. Schließlich gelangt er zu einem Schild, das mit einem Kabel an einem Pfosten befestigt ist. »Friedhof« steht darauf.

Er klettert über das Tor und dringt im schwachen Licht der schwindenden Nacht in die Alleen ein.

Am Eingang sind die Gräber in Gras gebettet. Sie sind mit Blumen geschmückt, mit Jesusfiguren am Kreuz, mit Engeln und schmiedeeisernen Verzierungen, und sie haben Tafeln, deren Inschriften in endlosen Aufzählungen die Trauer um die begrabenen Toten verewigen.

Nach und nach verschwindet das Gras und weicht einem sandigen Untergrund, in dem er mit jedem unsicheren Schritt versinkt. Auch die windschiefen Kreuze scheinen keinen Halt darin zu finden. Die Gräber sind jetzt schmucklos. Kein Marmor, keine Engel oder Blumen.

Hier liegen hauptsächlich die ehemaligen Besucher des

Obdachlosenheims begraben. Das Heim erweist sich als ihre vorletzte Ruhestatt.

Er verlässt den Hauptweg und schlängelt sich durch die Grabstätten. Die Tafeln, auf denen die Namen stehen, die Geburts- und Todesdaten, sind fast alle verwittert und unleserlich. Manche hängen nur noch mit einer Schraube an den Armen des Kreuzes, andere sind bereits heruntergefallen und im Sand versunken.

Er kehrt zum Weg zurück und biegt in eine andere, von Kastanien gesäumte Allee ein. In einer Reihe sind die Kreuze kleiner: Hier ruhen die toten Kinder. Lange geht er im Zickzack zwischen den Gräbern umher, vor einem hält er inne und liest die knappe Inschrift: »Bruno. Totgeburt.«

Er nimmt die Mütze ab, senkt den Kopf, faltet die Hände und schließt in andächtiger Haltung die Augen.

Die Sterne sind erloschen. Die Schwärze des Himmels erbleicht zu einem kraftlosen Weiß. Die Morgenröte ist nicht mehr fern.

Fahler Morgen

Als er ins Obdachlosenheim zurückkehrt, hat das Reinigungspersonal begonnen, den Eingang und die angrenzenden Flure zu säubern. Der Geruch nach Chlor vermischt sich mit den Überresten des nächtlichen Gestanks.

Er zeigt seine Karte und geht in den Speisesaal. Ein zaghaftes Tageslicht ergießt sich in den Raum. Obwohl es so verhalten ist, hebt es auf grausame Weise das Grau der matten, vor Erschöpfung zerfurchten Gesichter hervor.

Ein Großteil der Übernachtungsgäste ist schon da. Die meisten sitzen am selben Tisch wie am Abend zuvor, nach Elends-Couleur sortiert wie welke Sträuße. Die Russen bleiben unter sich. Nanar und sein Gefolgsmann sitzen nebeneinander. Beim Heben der Trinkschalen wird hier kräftig um die Wette gezittert.

Er durchquert den Raum und geht zu dem Tisch, an dem er gestern saß. Die drei um die dreißig in Anzug und Hemd haben ihren Kaffee schon fast ausgetrunken und schenken ihm wenig Aufmerksamkeit. Schweigend trinkt er seinen. Als er aufsteht, um zu gehen, kommen die jungen Turteltauben und setzen sich. Sie nicken sich zu, und er verlässt den Speisesaal, um seine Tasche zu holen.

Draußen warten mehrere kleinere Busse darauf, den

Rückstrom der Obdachlosen vor die Tore der Hauptstadt zu leiten.

Mit der Tasche zu seinen Füßen raucht er eine selbst gedrehte Zigarette und beobachtet die sich formierende Schlange. Es wird getorkelt, geschubst, gebrüllt.

Plötzlich tritt Nanar vom Trottoir aus der Reihe und stürzt mit verdrehten Augen, von heftigen Krämpfen geschüttelt zu Boden. Ein Mitarbeiter des Obdachlosenheims läuft zu ihm, kniet vor ihm nieder, hebt seinen Kopf an und steckt ihm die Hand in den Mund.

Als der Anfall vorbei ist, schlägt Nanar benommen die Augen auf.

»Alles in Ordnung?«, fragt ihn der Mann, der verhindert hat, dass er an seiner eigenen Zunge erstickt.

»Na ja, schon … Und bei dir?«

Nanar rappelt sich auf und nimmt mit seinem Kompagnon seinen Platz in der Schlange wieder ein. Als die beiden ersten Busse voll sind, setzen sie sich rumpelnd in Bewegung.

Er drückt seine Zigarette aus, wirft sich die Tasche über die Schulter und geht los, zurück auf die Straße.

Unbekannt verzogen

29. Dezember, Spätnachmittag. Die Nacht senkt ihren unsichtbaren, eisigen Mantel herab.

Vor einer Telefonkabine schaut er nach links, dann nach rechts, zählt zum x-ten Mal sein spärliches Kleingeld, zieht noch einmal an seiner selbst gedrehten Zigarette, drückt sie mit dem Fuß aus. Er schiebt die Hände in die Taschen und tritt zögernd auf der Stelle. Schließlich geht er in die Kabine.

Er nimmt den Hörer ab, wirft die erforderlichen Geldstücke ein, wählt seine frühere Nummer. Nach dreimaligem Klingeln hebt jemand ab.

»Sandrine? …«

»Oh, da haben Sie sich wohl verwählt, hier gibt es keine Sandrine ….«

Die fremde Stimme einer Frau mittleren Alters. Er ist sprachlos.

»Habe ich nicht die 01 53 49 28 64 gewählt?«

»Doch, aber hier wohnt niemand namens Sandrine.«

Es ist eine ruhige, sanfte Stimme.

»Ich … Bitte entschuldigen Sie, meine Frau und ich sind geschieden und … also, ich habe unter dieser Nummer mit ihr und meiner Tochter zusammengewohnt, bevor …«

»Sandrine Moncin?«

»Ja, genau …«

Schweigen.

»Und … Sie wissen nicht zufällig, wo ich sie erreichen könnte? Meine Tochter hat heute Geburtstag und …«

»Nein, das tut mir sehr leid, aber ich bin ihr nur einmal begegnet, als mein Mann und ich uns das Haus angesehen haben …«

»Ach so … Na ja … Trotzdem danke … Und entschuldigen Sie die Störung …«

»Das macht doch nichts. Es tut mir wirklich leid, dass ich Ihnen nicht helfen konnte. Und alles Gute fürs neue Jahr …«

Er legt auf. Wie vor den Kopf geschlagen kramt er seine Münzen hervor, zählt sie nochmals und nimmt wieder den Hörer ab.

»Telefonauskunft, guten Abend!«

»Ich suche eine Telefonnummer …«

»In welcher Stadt, bitte?«

»Region Île-de-France.«

»Wie lautet der Name?«

»Ich suche die Nummer von Sandrine Moncin.«

»M, O, N, C, I, N?«

»Ja …«

»Einen Moment, bitte …«

Leises Klappern einer Computertastatur.

»Tut mir leid, Monsieur, aber für Madame Moncin ist kein Eintrag vorhanden …«

Er schließt die Augen, beißt sich auf die Lippen.

»… leider bin ich nicht befugt, Ihnen …«

Er legt auf und knallt den Hörer mit aller Kraft gegen das Telefon.

Er weint.

Mit zitternden Händen drückt er die Glastür auf und verlässt die Kabine. Er überquert die Straße, geht in den gegenüberliegenden Supermarkt.

Als er wieder herauskommt, hat er eine Flasche billigen Tischwein in der Hand.

Ich bleibe, fort geht Tag um Tag

Essen. Suppenküche. Tafel.

Kacken. Dunkle Ecken. Freie öffentliche Klos.

Trinken. Wasserhähne Metro. Öffentliche Brunnen.

Pinkeln. Dunkle Ecken. Wände.

Sauber. Bahnhöfe. Wasserhähne Metro.

Pennen. Metro. Kartons. Belüftungsschächte.

Gehen. Sich aufwärmen. Trinken. Pinkeln. Betteln. Kacken. Datum Zeitungen. Pennen. Tage zählen. Essen. Tafel. Klamotten besorgen. Caritas. Emmaus. An Claire denken.

Sich aufwärmen. Gehen. Kacken. Bitte eine kleine Spende für den guten Zweck. Mensch bleiben. Nicht bekloppt werden. Pinkeln. Tage zählen. Trinken. Waschsalon. Betteln. Zeitungen. Kacken. Gehen. Warm. Pennen.

Nicht durchdrehen. Nicht verrecken.

Betteln. Essen. Suppenküche. Schuhe und Socken. Emmaus. Pinkeln. Pennen. Trinken. Bitte eine kleine Spende für den guten Zweck. Caritas.

Nicht aufgeben. Essen. Pennen. Trinken. Alkohol. Schlechter Wein.

Nicht abkratzen.

Nicht verrecken.

Nicht erfrieren.
Nicht elendig und einsam.
Nicht wie ein Köter.

Frohes Neues Jahr

Weihnachten und seine festlichen Lichter geraten in Vergessenheit. Die Avenuen sind nicht mehr beleuchtet. Sie haben ihre nackten Fassaden zurückgewonnen. Auch die Bäume auf den Champs-Élysées zeigen wieder ihre entblößten Äste. Trotzdem wird es nicht leer in den Straßen. Noch immer spiegeln die Schaufenster tausend Hoffnungen und Versprechungen vor, mit einem Zauberwort und mit magischen Zahlen: »Schlussverkauf«, »– 30 %«, »– 40 %«, »– 50 %«, »– 60 %«, »– 70 %«. Die Jagd nach dem Kleinod ist eröffnet. In den Warenhäusern wimmelt und gärt es wie in einem Knast kurz vor dem Aufstand, an den Kassen bilden sich Warteschlangen wie früher vor den Lebensmittelgeschäften, damals in der guten alten Zeit der rationierten Essensmarken. Die hysterisch gezückten Kreditkarten lassen die Zahlen auf den Konten in einer Weise erröten, dass auch das vor Wochen gezahlte Weihnachtsgeld nichts dagegen ausrichten kann. Von morgens bis abends sind die Straßen ein Defilee von Taschen und Tüten, deren Inhalt schon tot und überholt ist. Ein vorzeitiger Frühling glänzt in allen Augen.

Die Nacht bricht nicht mehr ganz so früh herein. Ein Unterschied zählbar in Minuten, die die schöne Jahreszeit, den Sommer und seine warmsandigen Strände näher bringen. Trotz dieses Moratoriums lässt die Kälte nicht nach. Selbst am Tag herrschen Minustemperaturen, und in der Nacht wird es zwischen −5 °C und −10 °C kalt. Stufe zwei des Hilfsprogramms für Obdachlose ist in Kraft. Der Winter ist doch noch gekommen, und es scheint ein echter Winter zu sein.

Das Jahr fängt gut an.

Ans Ende der Nacht

»Monsieur …«

Die Hand, die an seiner Schulter rüttelt, weckt ihn. Zwei Sicherheitsbeamte der Bahn beugen sich über ihn. Er blinzelt, schlägt mühsam die Augen auf. Neben ihm eine angebrochene Flasche Billigwein.

»Die Metro macht jetzt zu, Sie können hier nicht bleiben …«

»…«

»Wenn Sie wollen, können wir Sie zur Porte de la Villette bringen lassen, damit Sie nach Nanterre fahren können …«

Murrend steht er auf, schnappt sich wütend seine Tasche und marschiert mit der Flasche in der Hand aus der Metrostation. Hinter ihm gehen klappernd die Gitter zu.

Die Rue de la Gaîté ist wie ausgestorben. Die Bars schließen. Nur die Leuchtschilder der Sex-Shops blinken noch. Zwischen zwei Lichtklecksen hin und wieder der Schatten eines streunenden Hundes.

Er geht durch die Nacht. Immer weiter. Gebeugt. Ab und zu richtet er sich auf, um mit aller Kraft gegen eine leere Dose zu treten oder einen Schluck Wein aus der Flasche zu trinken. Langsame Schritte, abgekämpft.

Alle Belüftungsgitter der Metro, an denen er vorbeikommt, sind schon von einer oder mehreren Personen besetzt. Alle windgeschützten Ecken und Eingänge ebenfalls.

Er geht den Boulevard Edgar-Quinet hinauf, blickt suchend in die Dunkelheit. Ein Belüftungsschacht ist frei. Er schaut sich in alle Richtungen um. Niemand zu sehen.

Zitternd setzt er sich hin. Seine Haare flattern im warmen Luftstrom. Er nimmt einen Schluck aus seiner Flasche, stellt die Tasche auf seine Knie, öffnet sie.

Als er seinen Schlafsack und die Kartons herausholen will, erhebt sich hinter ihm eine Säuferstimme: »Das tut man aber nicht, sich bei anderen Leuten breitmachen …«

Andere Stimmen bekräftigen dies mit Kraftausdrücken und lautem Murren.

Er dreht sich um: Drei Männer kommen auf ihn zu. Vom Alter her um die dreißig, vielleicht auch vierzig. Potenzielle Nanars vom Trottoir, natürlich noch jünger und gesundheitlich besser in Schuss. Vor der Kante des Belüftungsgitters bleiben sie stehen.

Er macht seine Tasche wieder zu, bleibt jedoch sitzen.

»Los, du Arschloch, verzieh dich!«

Er steht auf, stellt seine Sachen neben sich ab und dreht sich zu ihnen um.

»Braver Junge …«, bemerkt die Säuferstimme, offensichtlich die des Anführers. »Die Pulle kannst du hierlassen«, fügt er hinzu.

In aller Ruhe zieht Philippe sein Glied aus der Hose und pinkelt auf den Belüftungsschacht. Den dreien verschlägt es vor Überraschung die Sprache. Dann geht der Anführer auf ihn los.

»Dreckiger Wichser!«

Er gibt ihm einen so kräftigen Stoß, dass Philippe taumelnd zu Boden geht, dann fällt er über ihn her und bearbeitet ihn mit Fußtritten. Als er erneut zum Tritt ausholt, richtet sich Philippe auf, greift ihm rasch mit beiden Händen in die Eier und quetscht sie mit einer leichten Drehbewegung, so fest er kann. Sein Angreifer bricht in ein ohrenbetäubendes Gebrüll aus und sinkt zusammengekrümmt zu Boden, die Hände zwischen die Beine gepresst.

Jetzt stürzen die beiden anderen herbei und schlagen auf Philippe ein. In der Zwischenzeit kommt ihr Chef wieder auf die Beine und zückt ein Messer.

»Geht zur Seite!«

Die Schläge hören auf. Die Männer gehorchen.

»Ich stech dich ab, du Wichser!«

Er tut einen Schritt auf Philippe zu, als plötzlich mit einem Satz ein Hund aus der Dunkelheit hervorschießt und seine Zähne in den Arm gräbt, der die Waffe hält. Wieder brüllt der Anführer vor Schmerz auf und lässt das Messer fallen. Es landet auf dem Gitter. Die beiden Komplizen weichen zurück.

»Der hat 'n Köter, das Arschloch!«, keucht der eine.

»Verdammte Scheiße!«, schreit der andere.

Knurrend, mit hochgezogenen Lefzen und gefletschten Zähnen bringt sich der Hund zwischen ihnen und Philippe in Stellung. Auf seinem Rücken sträubt sich das Fell. Die Ohren liegen fest an seinem Schädel an. Im linken hat eine Schnittwunde eine tiefe Kerbe hinterlassen.

Mit lautem, drohendem Bellen bietet er ihnen die Stirn, duckt sich knurrend, als würde er zum Sprung ansetzen, und fängt wieder an zu bellen, wobei er langsam auf sie zugeht. Die Männer weichen mehrere Schritte zurück.

Philippe rafft sich hustend hoch, die Hände an die Rippen gepresst. Die drei Männer und er starren sich lange an.

Er geht zu seiner Tasche, nimmt sie und legt sich mit schmerzverzerrtem Gesicht den Riemen über die Schulter.

Er wechselt einen letzten Blick mit seinen Angreifern, ehe er – gefolgt von dem Hund, der rückwärts und böse knurrend ebenfalls den Rückzug antritt – auf dem Boulevard verschwindet.

Verstohlene Blicke

Er geht lange, bis er sich auf eine Bank setzt. Er schiebt sich den Trageriemen der Tasche von der Schulter, lässt sich gegen die Rückenlehne sinken, zündet sich eine Zigarette an und legt den Kopf in den Nacken.

Der Hund, der ihm in einigen Metern Abstand gefolgt ist, bleibt ebenfalls stehen. Er beschnüffelt den Boden, folgt einer aufgenommenen Spur bis zu einem Baum, schnuppert noch gründlicher, hält inne und hebt vor dem Stamm das Bein, wobei er mit einer würdevollen Geste den Kopf abwendet. Als er fertig ist, überprüft er, ob er sein Revier gut markiert hat, tritt ein paar Schritte zur Seite und setzt sich auf den Boden, den Kopf halb zur Straße gewandt.

So sitzt er da, schaut vor sich hin, richtet die Ohren auf und lässt sie wieder sinken. Hin und wieder wirft er einen unauffälligen Blick in Philippes Richtung. Der beugt sich vor, stützt die Ellbogen auf die Oberschenkel und wirft dem Hund ebenfalls verstohlene Blicke zu.

Irgendwann begegnen sich ihre Blicke. Der Hund wendet seinen sofort ab und stellt prompt die Ohren auf, als hätte er etwas oder jemanden bemerkt, dann lässt er sie wieder sinken.

Philippe lächelt, lehnt sich zurück. Er versucht zu pfeifen, doch über seine aufgesprungenen Lippen kommt nur ein lächerlicher Lufthauch. Er drückt seine Zigarette aus und klopft auf die Bank.

Der Hund dreht sich um, öffnet die Schnauze, kommt leicht hinkend zu ihm und setzt sich ihm zu Füßen. Philippe streichelt ihn sanft. Der Hund leckt ihm die Hand und legt den Kopf in seine Handfläche.

»Danke …«, flüstert Philippe.

Mit der freien Hand krault er ihm eine Backe und den Hals und streicht ihm die Ohren glatt. Ohne ihn aus den Augen zu lassen, blinzelt der Hund und fängt an, leise schnorchelnde Töne von sich zu geben.

Philippe steht auf und nimmt seine Tasche. Den Blick fest auf ihn gerichtet, weicht der Hund mit hängendem Kopf und eingezogenem Schwanz ein paar Schritte zurück.

Philippe legt sich den Gurt der Tasche über die Schulter, macht Anstalten, zu gehen, hält inne, dreht sich um. Der Hund sieht ihn unverwandt an.

Mit einem einladenden Nicken bedeutet ihm Philippe, mitzukommen. Schwanzwedelnd läuft der Hund zu ihm, und sie setzen gemeinsam ihren Weg fort.

Zu vermieten

Eine gute halbe Stunde laufen sie Seite an Seite durch die Straßen. Der Hund ist hellwach, sieht ständig nach links und nach rechts, die Ohren aufgestellt, die Nase in Alarmbereitschaft.

Als Philippe an einer Kreuzung links gehen will, bleibt er stehen und sieht ihn schwanzwedelnd an.

»Was ist los?«

Er bellt. Philippe streichelt ihm über den Kopf.

»Na, was willst du mir sagen?«

Der Hund geht drei Schritte nach rechts auf die andere Straße zu und hält inne, als würde er auf ihn warten.

»Da willst du hin?«, fragt Philippe mit ausgestrecktem Zeigefinger.

Der Hund bellt und wedelt, auf der Stelle tänzelnd, kräftig mit dem Schwanz.

»Okay, dann mal los …«

Er folgt dem Hund, der ihm bald ein gutes Stück vorausläuft. Er geht, so schnell er kann, die Hände gegen die Rippen gepresst.

Der Hund biegt nach rechts ab, dann nach links, wieder nach links, wieder nach rechts.

»Wo führst du mich denn bloß hin?«

An jeder Straßenecke setzt sich das Tier hin, bellt und wartet auf Philippe.

»Ist ja schon gut, ich komm ja schon …«

Schließlich gelangen sie auf eine Avenue. Der Hund fängt an zu rennen und verschwindet plötzlich in einer Mauervertiefung. Er scheint irgendwo hineingelaufen zu sein. Als Philippe die Stelle erreicht, entdeckt er einen kleinen Laden, dessen Eingangsbereich um mehrere Stufen erhöht ist und einen drei Meter breiten, zwei Meter tiefen, geschwungenen Absatz bildet. Auf diesem Podest thront der Hund und wedelt mit dem Schwanz über den Boden. Im Schaufenster hängt ein Schild: »Zu vermieten.«

Dank seiner Lage ist es ein windgeschütztes Eckchen. Philippe lächelt kopfschüttelnd und geht die drei Stufen hinauf, die ihn von dem Hund trennen. Er stellt seine Tasche ab, setzt sich neben ihn. Er legt ihm den Arm um den Hals, gibt ihm einen Kuss und drückt ihn mehrmals fest an sich. Dann holt er seine Sachen heraus und bereitet das Nachtlager vor: Kartons für den Boden, Schlafsack, das restliche Gepäck als Kopfkissen.

Als Philippe in seinen Schlafsack gemummt dasitzt, legt sich der Hund neben ihn, den Kopf zur Straße gewandt. Philippe öffnet noch einmal seine Tasche, nimmt einen Pullover heraus und deckt den Hund damit fürsorglich zu.

Als er schließlich einschläft, schaut sein neuer Begleiter immer noch wachsam in die Dunkelheit.

Klingende Münze

Ein metallisches Klimpern holt ihn aus dem Schlaf. Es ist neun Uhr morgens.

Auf einen Ellbogen gestützt, richtet er sich mühsam auf, rutscht mit dem Becken zurück und lehnt sich an die Glastür des Geschäfts.

Der Hund sitzt der Straße zugewandt auf dem Bürgersteig. Sobald jemand vorbeikommt, fixiert er ihn mit aufgerichteten Ohren und leicht geneigtem Kopf. Manche Passanten ignorieren ihn komplett, andere gehen lächelnd weiter oder kramen in ihren Taschen und lassen ein Geldstück auf die zweite Treppenstufe fallen. Der Aufprall der Münzen erzeugt das klimpernde Geräusch.

Philippe sieht dem Hund interessiert zu. Nach einigen erfolglosen Versuchen konzentriert sich das Tier auf einen hastig vorbeieilenden Anzug-Krawatte-Aktenkoffer-Typen um die dreißig. Der Blick des jungdynamischen Angestellten geht zunächst über ihn hinweg, als sähe er ihn gar nicht. Doch nachdem er den Kopf schon fast weggedreht hat, sieht er wieder hin, runzelt leicht die Stirn, schmunzelt, läuft weiter, schiebt die Hände in die Hosentaschen, macht kehrt, bückt sich und legt ein Zwei-Euro-Stück auf das Treppchen. Der Hund hat jede seiner Gesten verfolgt.

»Ihr Hund ist einfach unglaublich!«, sagt er lächelnd zu Philippe.

Der Hund schmiegt sich an sein Herrchen und leckt ihm das Gesicht. Philippe streichelt ihn.

»Jedenfalls liebt er Sie ganz offensichtlich … Wenn meine Frau nur ein bisschen so wäre wie er …«, fügt er hinzu, und sein Blick wird auf einmal gedankenverloren und leer. »Sei's drum«, setzt er rasch nach und verschanzt sich hinter einem gewollt strahlenden Lächeln. »Machen Sie's gut …«

Philippe verzieht den Mund zu einem stummen Dankeschön, und der Anzug-Krawatten-Typ geht weiter. Er will jetzt wissen, wie viel auf der Treppe zusammengekommen ist, sammelt die Geldstücke ein, zählt sie: sechs Euro siebzig. Er wühlt eine Weile in seinen Taschen und holt weitere fünf Euro achtzig hervor. Auf der anderen Seite der Straße ist ein junger Marokkaner gerade dabei, seine Imbiss-Bude zu öffnen.

Philippe befreit sich aus seinem Schlafsack und tritt auf den Bürgersteig. Der Hund steht ebenfalls auf, wedelt mit dem Schwanz. Philippe bedeutet ihm, zu warten, und geht hinüber. Der Hund legt sich wieder hin, kreuzt die Pfoten und fasst sich in Geduld.

»Guten Morgen …«

»Guten Morgen … Äh … Was kostet eine Crêpe mit Zucker?«

»Zwei Euro fünfzig.«

Philippe hebt zwei Finger und sucht nach den passenden Münzen. Der junge Marokkaner verteilt den Teig auf der schwarzen, runden Herdplatte.

»Ist die zweite für den Hund?«

Philippe dreht sich zu dem Tier um und nickt.

»Ich hab auch einen von der Sorte zu Hause … Verflucht, was können die futtern, die Viecher!«

Philippe antwortet mit einem vorsichtigen Lächeln.

»Bitte sehr, zwei Crêpes mit Zucker … Macht zwei Euro fünfzig.«

Philippe sieht ihn irritiert an.

»Die zweite geht auf meine Kosten …«

Er zahlt und nimmt die beiden Crêpes.

»Danke …«

Der Marokkaner zwinkert ihm zu und schnalzt dabei leise mit der Zunge. Philippe geht zurück, legt eine Crêpe vorsichtig auf den Boden und setzt sich.

»Achtung, heiß und fettig …«

Der Hund versucht, die Crêpe mit der Schnauze zu nehmen, doch es gelingt ihm nicht.

»Warte …«

Philippe reißt sie in kleine Stücke, die er abkühlen lässt und ihm dann einzeln gibt. Erst danach fängt er selbst an zu essen. Der Hund sitzt leise jaulend, mit sabbernder Schnauze vor ihm.

»He, ich habe auch Hunger!«

Der Hund zappelt, sein Jaulen wird lauter.

»Na gut, hier …«

Philippe wirft ihm ein Stück zu, das er geschickt in der Luft auffängt, und streichelt ihn. Dann packt er seine Sachen und macht Anstalten, zu gehen. Der Hund bleibt sitzen, beobachtet ihn aufmerksam, mit aufgestellten Ohren und zur Seite geneigtem Kopf, genauso wie vorher den Anzug-Krawatten-Typen.

»Kommst du?«

Leicht hinkend springt der Hund die Stufen hinab, läuft Philippe einige Meter voraus, macht eine übermütige Kehrtwendung, legt sich schwanzwedelnd, mit erhobenem Hinterteil auf die Vorderbeine und bellt ihm mehrmals zu.

Philippe zündet sich eine Zigarette an, schließt zu ihm auf, und die beiden marschieren gemeinsam weiter.

Der Schmetterlingseffekt

Sie wandern in Richtung Gare Montparnasse. Der Himmel ist milchweiß, verhangen wie durch einen Baumwollschleier. Ein typischer Januarhimmel, von morgens bis abends ein fast gleichbleibendes Licht.

Manche Blicke gleiten jetzt nicht mehr über ihn hinweg. Ein Teil derer, die erst durch ihn hindurchsehen, stutzt beim Anblick seines Begleiters, der munter, mit stolzgeschwellter Brust und gespitzten Ohren an seiner Seite läuft. Dann wird auch Philippe wahrgenommen, und wenn der Blick der Passanten sich schließlich löst, wenden sie sich einfach wieder dem zu, was sie vorher beschäftigt hat, anstatt sich hinter einer gleichgültigen Fassade zu verschanzen.

In einem Waschsalon machen sie zum ersten Mal Rast. Auf einer der Bänke wartet ein junges Mädchen, vermutlich eine Studentin, in ein Buch vertieft auf seine im Trockner herumwirbelnde Wäsche. Während sich Philippe bückt und seine schmutzigen Sachen in eine Maschine stopft, sieht sie von ihrem Buch auf, und ihr Blick wandert von ihm zu dem Hund, der friedlich hechelnd neben ihm sitzt, dann wieder zu Philippe, als dieser die Tür der Waschmaschine schließt. Sie sehen sich an, und sie schenkt ihm ein offenes, unbefangenes Lächeln. Er erwidert es. Sie vertieft sich wieder ins Buch. Philippe braucht sein letztes Waschpulver auf und geht zu dem Automaten, an dem man die Waschprogramme auswählt. Mit einem Finger überprüft er routinemäßig das Geldrückgabefach und findet eine Ein-Euro-Münze.

»Entschuldigen Sie«, fragt er die junge Frau. »Ist der von Ihnen?«

»Nein, der lag schon drin, als ich gekommen bin.«

Mit einer fragenden Geste hält er den Euro in ihre Richtung.

»Nehmen Sie ihn ruhig …«, sagt sie.

Philippe zögert, ehe seine Hand die Münze umschließt.

»Danke.«

Wieder das Lächeln. Er wirft das Geld ein, setzt die Maschine in Gang, lässt sich auf einer Bank nieder. Der Hund kommt an seine Seite, legt ihm den Kopf auf den Oberschenkel. Philippe streichelt ihn sachte. Allmählich senken sich die Lider des Hundes, und er fängt an, leise vor sich hin zu schnarchen.

Beim Hinausgehen bleibt das junge Mädchen vor ihnen stehen.

»Der ist vielleicht süß! Meinen Sie, ich dürfte mal …?«

Sie hat ihre Hand ausgestreckt. Philippe zieht seine zurück. Beim Wechsel der Handflächen schlägt der Hund die Augen auf, sieht das junge Mädchen an, macht die Augen wieder zu und schnarcht weiter. Dann rückt das Mädchen seine Schultertasche zurecht und geht.

»Auf Wiedersehen«, sagt sie noch.

»Auf Wiedersehen …«

Der Hund dreht kurz den Kopf zu ihr hin und legt ihn wieder auf Philippes Bein. Sein Schnarchen mischt sich mit dem Brummen der Maschine.

Ein neues Leben

Als Nächstes gehen sie zu den Bahnhofs-Duschen. Am Eingang dieselbe Frau wie bei seinem ersten Besuch. Inzwischen sind sie sich mehrmals begegnet.

Als sie Philippe sieht, leuchtet ihr Gesicht auf.

»Guten Tag!«

»Guten Tag …«

»Lange nicht mehr hier gewesen …«

Philippe hebt die Brauen und nickt. Er zahlt, sie gibt ihm sein Handtuch.

»Ich freue mich, Sie zu sehen …«

Er schaut sie fragend an.

»Na ja«, erklärt sie, »wenn Leute, die regelmäßig gekommen sind, plötzlich nicht mehr auftauchen, dann ist das meistens, weil … nun … Sei's drum! Ich freue mich jedenfalls, Sie zu sehen …«

Sie bemerkt den Hund, der sich brav auf die Türschwelle gelegt hat. Ihr Gesicht erstrahlt.

»Na, das ist aber ein süßer Kerl!« Ein sanfter, fast zärtlicher Klang schwingt in ihrer Stimme. Der Hund hat sie gehört, er dreht Kopf und Ohren in ihre Richtung.

»Seien Sie mir nicht böse, aber ich habe eine Schwäche für Hunde …«

Sie steigt von ihrem Stuhl und geht um die Theke herum.

»Der letzte, den ich hatte, sah ihm ein bisschen ähnlich … Er ist an Krebs gestorben, Lymphknotenkrebs … Innerhalb von zwei Wochen …«

»Das tut mir leid …«

»Ich habe noch nicht den Mut gehabt, mir wieder einen anzuschaffen … Aber wenn ich den hier sehe, kriege ich richtig Lust! Wie heißt er?«

»Ich weiß nicht … Er ist mir zugelaufen.«

»Darf ich …?«

»Natürlich.«

Sie hockt sich nieder und streichelt ihn. Der Hund lässt es geschehen. Philippe geht zu den Duschen.

»Nehmen Sie die letzte, die ist heute noch nicht benutzt worden!«, ruft die Frau ihm nach.

Philippe schlüpft in die empfohlene Kabine. Als er nach einiger Zeit wiederkommt, gewaschen und sauber gekleidet, liegt der Hund auf dem Rücken und lässt sich genüsslich den Bauch kraulen. Sobald er Philippe sieht, setzt er sich, hebt mehrmals die Pfote und lässt sie wieder sinken, bis Philippe sie ergreift.

»Wenn das nicht süß ist!«, bemerkt die Frau.

Plötzlich steht sie auf und kehrt mit gespielter Verärgerung hinter ihre Theke zurück.

»Los, los, jetzt aber Abmarsch, ihr beiden, das weckt alles viel zu viele Erinnerungen bei mir!«, sagt sie lächelnd. Und fügt, als die zwei schon fast verschwunden sind, munter hinzu: »Warten Sie nicht bis zum nächsten Winter, ehe Sie wiederkommen!«

Ein falscher Berber namens Bébère

Es ist kurz nach Mittag, als sie den Bahnhofsvorplatz überqueren. Der Hund ist unruhig. Er läuft Philippe einige Meter voraus, kehrt um, springt zur Seite, tänzelt umher, jault, bellt, rennt los, hält inne und beginnt wieder zu jaulen und herumzuspringen.

»Was hast du denn?«

Der Hund läuft zu ihm.

»Hm, was ist los?«

Mit der Schnauze stupst er Philippe an, packt ihn am Ärmel und zieht ihn hinter sich her.

»He!«

Der Hund lässt ihn los, fixiert ihn mit aufgestellten Ohren und bellt mehrmals.

Sie gehen weiter. Wieder überholt ihn der Hund, bis er schließlich an einer Ecke abrupt stehen bleibt und kräftig mit dem Schwanz wedelt.

»Ist ja schon gut, ich komme …«

Sie biegen in eine kleine Straße ein. Der Hund rennt los und verschwindet in einem Hinterhof. Philippe geht schneller. Als er ihn endlich einholt, hat sich der Hund auf die Hinterbeine gestellt, die Vorderpfoten auf ein Törchen aus bordeauxroten Holzplanken gestützt. Er bellt mehrmals, dann verharrt er mit leicht geöffneter Schnauze, hängender Zunge und energisch wedelndem Schwanz. Von drinnen ertönt eine raue Männerstimme.

»Baudelaire!«

Der Hund stellt die Vorderpfoten auf den Boden, setzt sich und wartet, die Augen auf das Törchen gerichtet. Es öffnet sich: Dahinter erscheint ein großer Kerl um die fünfzig mit einer Schürze vor dem dicken Bauch, die Augen ein verwaschenes Blau, die Haare eine weiße, zerzauste Mähne. Der Mann geht vor dem Hund in die Hocke und zwickt ihn in die Backen.

»Wo warst du denn, du alter Halunke?«

Baudelaire springt auf und läuft zu Philippe. Der Mann kommt langsam hoch und wischt sich die Hände an der Schürze ab. Er und Philippe wechseln einen Blick. Dann geht der Mann auf ihn zu und mustert ihn eingehend, ehe er ihm endlich die Hand hinstreckt.

»Bébère, Bébère der Berber …«

»Äh … Philippe … Einfach nur Philippe …«

Händeschütteln. Bébère streichelt dem Hund über den Kopf.

»Willst du ein paar von Bébères leckeren Fleischbällchen?«

Bei dem Wort »Fleischbällchen« richten sich die Ohren des Hundes schlagartig auf, er bellt, springt ausgelassen herum und läuft schnurstracks auf das Holztörchen zu. Er stößt es auf und verschwindet im Haus. Philippe und Bébère bleiben allein zurück.

»Kümmerst du dich um ihn?«

»In gewisser Weise …«

»Was soll das heißen, in gewisser Weise?«

»Sagen wir, er hat mich aus einem ziemlichen Schlamassel rausgeholt …«

Bébère wirft ihm einen kurzen, prüfenden Blick zu.

»Nicht leicht, die Straße. Hast du Hunger?«

»Na ja …«

»Du wirst doch wohl nicht die besten Fleischbällchen von Paris ausschlagen!«

»Nein, ich … einverstanden!«

Er geht hinter Bébère her. Minuten später sitzt er an einem kleinen Tisch in der Küche des Kebab-Restaurants *Bei Bébère* vor einem Teller Fleischbällchen, während der Hund sich über einen Napf hermacht, auf dem der Name »Baudelaire« steht.

»Bist du wirklich ein Berber?«, fragt Philippe zwischen zwei Bissen.

»Meine Frau. Ich bin aus Colmar, Elsass!«

Der Hund schleckt geräuschvoll seinen Napf aus und setzt sich neben den Tisch. Während er sich noch die Lefzen leckt, blickt er treu in die Runde und gibt leise, bettelnde Geräusche von sich. Philippe wirft ihm ein Fleischbällchen hin, das er auffängt und gierig verschlingt.

»Und … warum ›Baudelaire‹?«

»Wegen dem Dichter!«

Er steht auf und zeigt Philippe ein kleines, hohes Regal, in dem ein Dutzend Bücher steht, darunter ein altes Telefon mit Wählscheibe.

»Ich liebe die Poesie«, sagt er und streicht mit der Hand über die Buchrücken.

»Tja, nur Rechnungen kann deine Poesie leider nicht bezahlen!«

Bébères Frau Fatima steht, mit Einkäufen beladen, hinter dem kleinen roten Tor. Philippe wischt sich rasch den Mund ab und steht auf.

»Hilfst du mir vielleicht mal?«

Bébère eilt zu dem Törchen, öffnet es und nimmt ihr ein paar der Tüten ab.

»Du und deine guten Werke …« Sie seufzt laut, dass jeder es hören kann.

Sie kommt herein.

»Madame …«, stammelt Philippe und nimmt seine Mütze ab.

»Entschuldigen Sie …«

Er tritt zur Seite, um sie vorbeizulassen.

»Draußen warten Gäste«, versetzt Fatima, während sie ihre Pakete auf der Arbeitsfläche ablegt.

Philippe wirft Bébère einen Blick zu.

»Ich …«

»Komm, ich bring dich zur Tür.«

Sie verlassen die Küche und gehen durch den Hof.

»Tut mir leid, im Moment ist sie ein bisschen …«

Bébère verzieht das Gesicht, wedelt mit der Hand.

»Danke …«, sagt Philippe und wendet sich mit Baudelaire zum Gehen.

»Oh! Warte …«

Bébère verschwindet wieder im Haus und kommt mit einem in Leder gebundenen, aufwendig gearbeiteten Gedichtband aus der Gesamtausgabe der Werke von Charles Baudelaire angelaufen.

»Hier, damit du was zu tun hast, du kannst es mir bei Gelegenheit zurückgeben …«

»Bébère!«, ruft es aus der Küche.

»Seite 307 bis 309, die Ecken sind umgeknickt …«

»BÉBÈRE!!!«

»ICH KOMME! … Gut, ich muss los … Bis bald mal!«

Er streichelt Baudelaire ein letztes Mal über den Kopf,

schlägt Philippe freundschaftlich auf die Schultern und verschwindet hinter dem Törchen.

»Bin ja schon da …«

Hundeleben

Nach einigen Wochen ist Philippe regelrecht in den Stadtteil integriert. Die Bewohner und Ladenbesitzer haben sich an seine Silhouette, seine Präsenz gewöhnt. Man erkennt ihn, man grüßt ihn, ist auf Du und Du, hier einmal Streicheln für den unwiderstehlichen Baudelaire, dort ein Geldstück oder eine kleine Gabe in Form von Naturalien fürs Herrchen, und weiter geht's.

Im Lauf der Zeit haben Baudelaire und er einige feste Gewohnheiten angenommen. Der Morgen beginnt mit einem Kaffee und zwei Crêpes mit Zucker bei Ahmed, dem jungen Marokkaner, der Philippe über die aktuelle Wettervorhersage informiert, das Lieblingsprogramm seiner Mutter, und ihm erlaubt, bis zum Eintreffen des Chefs frühestens um elf die Toilette zu benutzen. Es folgen eine oder zwei Stunden Lektüre, während Baudelaire bei den Passanten seinen Charme versprüht. Dann gehen er und Philippe zu Sarah, der jungen Frau, die sich um die Duschen an der Gare Montparnasse kümmert. Manchmal hat sie kleine Leckereien für Baudelaire mitgebracht, Duschgel oder Markenshampoo für Philippe. Einmal schenkt sie ihnen eine alte Bodendecke aus ihrem Zelt, nachdem sich ihr Freund und sie für die nächsten Sommerferien eine neue angeschafft haben. Sie ist froh, die alte loszuwerden, die für Philippe deutlich bequemer ist als die Kartons und auch besser isoliert. Nach dem Duschen gehen sie gewöhnlich zu Bébère und setzen sich ein Weilchen zu ihm in die kleine Küche. Von Fatima jedes Mal in gewohnt bärbeißiger Manier begrüßt, werden die beiden immer mehr in ihre wohlwollenden Spötteleien einbezogen, wenn sich der Berber aus dem Elsass über Poesie auslässt und zu lyrischen Ergüssen aufschwingt. Und wenn sich Philippe am Ende fast mit ihr anlegen muss, um sein Kebab oder Baudelaires Fleischbällchen wenigstens in Teilen zu bezahlen, zieht sie regelmäßig einen Schlussstrich unter die Debatte, indem sie die beiden einfach vor die Tür setzt.

Nachmittags lassen sie sich durch das Gewirr der Straßen treiben, wählen einen Ort aus, an dem sie Geld fürs Abendessen sammeln, pausieren in der vorübergehenden Wärme eines Cafés, marschieren weiter, wärmen sich in einer Einkaufspassage auf oder tauchen in das lauwarme Innenleben der Metro ein. Im Netz der unterirdischen Gänge setzen sie ihre Bemühungen fort. Im Gegensatz zu den Kollegen bitten sie die anderen Fahrgäste um nichts. Philippe lehnt sich einfach an die Schiebetür, die sich während der gesamten Fahrt nicht öffnen wird, Baudelaire setzt oder legt sich ihm zu Füßen, daneben ein kleiner Plastikbecher. Dann schlägt Philippe den von Bébère geliehenen Gedichtband auf und beginnt mit lauter Stimme zu lesen. Er liest ohne Unterbrechung bis zur Endstation, von wo sie dieselbe Strecke zurückfahren oder in eine andere Linie umsteigen. Am Anfang verkriechen sich die Zuhörer hinter der gewohnten Mauer aus Gleichgültigkeit: Blicke, die sich auf den Boden, die Fensterscheiben, ein Buch oder eine Zeitung heften, laut aufgedrehte MP3-Player, die zu Ohrenklappen werden, stumme, überdrüssige Seufzer, die sich in einem verzerrten Lächeln mitteilen.

»Ich singe den kotbespritzten Hund, den armen Hund, den Hund ohne Behausung, den streunenden Hund, den Seiltänzerhund, den Hund, dessen Instinkt, wie der des Armen, des Zigeuners und des Komödianten wunderbar geschärft ist durch die Not, die so gute Mutter, die wahre Schutzgöttin der gescheiten Leute!

Ich singe die armseligen Hunde, die einsam in den gewundenen Schluchten der unermesslichen Städte umherirren, und sie, die dem verlassenen Menschen mit geistvoll blinzelnden Augen sagten: »Nimm mich zu dir, und aus dem Elend von uns beiden machen wir dann vielleicht so etwas wie Glück!«

Wenn er dann, anstatt an der nächsten Station auszusteigen, ungerührt weiterliest, heben sich fragend die ersten Augenbrauen, ein iPod wird leiser gestellt, ein Ohrstöpsel herausgenommen, Zeitungen und Bücher klappen zu, zwischen den Sitzbänken strecken sich Hälse. Nach einer Weile wechseln die Fahrgäste erstaunte Blicke, die Gesichter entspannen und öffnen sich. Im Lauf der Stationen ist auch das Klimpern in dem kleinen Becher immer deutlicher zu hören.

Bei beständigem Wetter lässt sich Philippe am Ende des Tages von Baudelaire zur Fußgängerbrücke Pont des Arts führen. Dort sitzen sie dann auf einer Bank und genießen den Blick zum Horizont und die klare Aussicht, ehe sie zu Abend essen, während sie nach Montparnasse zurücklaufen.

Abends schauen sie manchmal bei Bébère vorbei, wo Philippe den größten Teil seiner Tageseinnahmen in einer leeren Dose deponiert, die ursprünglich der Verpackung von elsässischen Sandplätzchen diente.

Wenn sie sich schließlich auf ihrem Nachtlager ausstrecken, schlägt Philippe seinen Schlafsack auf, und Baudelaire kuschelt sich neben ihn. Bei wolkenlosem Himmel erzählt er ihm dann die Geschichte vom Sternenprinzen und der Prinzessin der Morgenröte.

Hundekälte

»O Mann, so ne Kacke aber auch …«, bemerkt Ahmed, während er mit Philippe und Baudelaire zum Eingang des Ladens sieht, vor dem sie noch die letzte Nacht verbracht haben.

Seit mehreren Tagen weist ein Schild an der Tür auf den baldigen Beginn von Umbauarbeiten hin. An diesem Morgen sind tatsächlich Arbeiter mit ihren Gerätschaften aufgetaucht und haben den Eingangsbereich abgesperrt.

»Verdammter Hurendreck! Und dann hat's in der Wettervorhersage auch noch geheißen, es kommt ein Wahnsinns-Kälteeinbruch …«

Philippe nimmt seinen letzten Schluck Kaffee.

»Ins Obdachlosenheim gehe ich jedenfalls nicht mehr.«

»Moment mal, hast du gemerkt, wie arschkalt es heute Morgen war? Kaltluft direkt aus Sibirien, hat meine Alte gesagt. Im Ernst, das wird schlimm!«

»Ich komme in diese Heime sowieso nicht mehr rein: Die erlauben keine Hunde.«

»Doch! Auf *Le Fleuron* wohl!«

Philippe runzelt die Stirn.

»Ach hör mir doch damit auf …«, versetzt er schließlich.

Er zerquetscht seinen Becher und wirft ihn in den Mülleimer.

»Aber wenn ich's dir doch sage, ich hab vor zwei Wochen einen Bericht darüber gesehen. Das scheint wirklich genial zu sein. Das Ding wird von Malteserrittern geführt, verstehst du? Keine Bullen oder Scheißbeamten, nein, Ritter!«

»Hast du die Adresse?«

»…«

»Siehst du …«

»Moment!«

Ahmed nimmt sein Handy.

»Mouloud? … Du hörst jetzt mal eben auf, dir vor deinen bescheuerten Porno-Webseiten einen runterzuholen, okay? Tu mir lieber einen Gefallen, please … Los, nun mach schon! …«

Eine Minute und ein paar geschwisterliche Beschimpfungen später schnappt er sich einen Zettel und kritzelt etwas darauf.

»Okay, danke, Brüderchen … Kannst weitermachen …«

Er legt auf.

»Hier: Quai de Javel. Im 15. Arrondissement, Telefon 01 45 58 35 35. Man muss vorher anrufen und einen Platz reservieren.«

»Ist das ein Drei-Sterne-Haus, oder was?«

»Das haben die jedenfalls in dem Bericht gesagt. Hier …«

Er hält Philippe den Zettel hin, aber der starrt nur darauf, anstatt ihn zu nehmen.

»Los, jetzt nimm schon! Dann gehst du hin oder gehst halt nicht hin, aber wenigstens hast du die Nummer.«

Die beiden Männer sehen sich an. Baudelaire bleibt weiter sitzen und beobachtet das Hin und Her der Arbeiter.

Philippe nimmt den Zettel und schiebt ihn in seine Hosentasche.

Reiseeinladung

Ahmeds Mutter und die Wettervorhersage haben sich nicht getäuscht. Angesichts der Jahreszeit waren die relativ milden Temperaturen der letzten zehn Tage trügerisch. Während sie sich nachts um den Gefrierpunkt bewegten, bei bedecktem Himmel sogar nur auf +2 oder +3 °C fielen, stieg das Quecksilber an sonnigen Nachmittagen manchmal auf bis zu +10 °C und bescherte den Menschen einige wirklich warme Stunden.

Doch an diesem Abend des 10. Februar um kurz vor halb sieben hat das Thermometer seinen Frühlingsallüren Ade gesagt und zeigt wieder deutliche Minuswerte an. Am Fuß des Kahns sind um die fünfzig Personen versammelt, die Hälfte davon in Begleitung eines Hundes. Junge oder weniger junge Menschen der unterschiedlichsten Herkunft. Manche grüßen sich, sprechen sich an, unterhalten sich. Andere, wie Philippe und Baudelaire, warten etwas abseits.

Insgesamt sind alle Anwesenden einigermaßen ruhig und sauber. Auf dem Quai de Javel gibt es keinen Nanar vom Trottoir und auch keine Russen, die lässig mit ihren Messern hantieren. Die Frau, mit der er am frühen Nachmittag gesprochen hat, als er sich auf Drängen von Bébère schließlich dazu durchgerungen hat, bei *Le Fleuron* anzurufen, hat dies mit großem Nachdruck betont.

»Kein Alkohol und keine Waffen an Bord. Wenn Sie gegen diese beiden Punkte der Hausordnung verstoßen, werden Sie unverzüglich und unwiderruflich an Land geschickt.«

Ihre Stimme war so fest wie gehärteter Stahl.

»Gut, Monsieur Lafosse, wir erwarten Sie also heute Abend mit Ihrem Begleiter. Um 18 Uhr 30 geht es an Bord. Seien Sie pünktlich.«

Ein langhaariger Dackel nähert sich. Baudelaire und der Dackel beobachten sich, umkreisen und beschnüffeln sich, während sie nervös mit den Schwänzen wedeln und neugierig jaulen.

»Warst du gestern Abend nicht hier?«

Der Dackelbesitzer, ein junger Mann mit einem kindlichen Gesicht, ist dazugekommen. Die beiden Hunde fangen an, miteinander zu spielen.

»Ich bin zum ersten Mal hier«, antwortet Philippe.

»Die Regeln sind ein bisschen streng, aber es ist okay, du wirst sehen.«

Er reicht ihm die Hand.

»Franck … und Dalida«, sagt er, auf den Dackel deutend.

»Philippe und Baudelaire.«

Händeschütteln. Franck betrachtet die beiden spielerisch zankenden Hunde. Baudelaire tut so, als ließe er sich von Dalida dominieren, aber jedes Mal, wenn sie zu übermütig wird, weist er sie wieder in ihre Schranken.

»Warum bist du hier?«, fragt ihn Franck.

»Trennung, keine Wohnung mehr, kein Job mehr … Der übliche Teufelskreis. Und du?«

»Ich bin Verkäufer in den Galeries Lafayette.«

»Aber was machst du dann hier?«

»Zeitvertrag, Mindestlohn, Eltern, mit denen ich nicht mehr rede, weil ich schwul bin, also von denen auch keine Kaution und somit keine Wohnung …«

»Wie alt bist du?«

»Neunzehn. Mein Alter hat mich rausgeschmissen, als ich siebzehn war.«

Philippe verdreht die Augen.

»Aber ich bin ganz optimistisch. Die haben mir für nach dem Sommer einen unbefristeten Vertrag versprochen …«

Die vor ihnen Wartenden suchen ihre Sachen zusammen. Ihre Blicke richten sich auf den Kahn. Eine Frau kommt über den Steg.

Es ist genau 18 Uhr 30.

Die Passagiere

Wer den Steg überschritten hat, ist kein Obdachloser mehr, sondern ein »Passagier«. Alle werden von Nadine in Empfang genommen, die seit der Eröffnung von *Le Fleuron* im Jahr 1999 ehrenamtliche Helferin ist. Sie händigt jedem eine kleine nummerierte Magnetkarte aus, die Zugang zu einer Kabine gewährt. Einige Stammgäste geben sofort einen Teil ihrer Sachen bei der Gepäckaufbewahrung ab, um sich in ihrem Zimmer oder im »Rauchsalon« auszuruhen, einem Raum in der oberen Etage, in dem sie sich bis zum Abendessen aufhalten können. Die Neuen wie Philippe und Baudelaire werden von Bruno an die Hand genommen, einem Arzt im Ruhestand, der ihnen die Regeln des Bordlebens erklärt: kein Alkohol, keine Waffen, Respekt gegenüber den ehrenamtlichen Helfern, die für sie da sind, gegenüber den Räumlichkeiten und der Sauberkeit an Bord, und schließlich das Verbot, Kopfbedeckungen zu tragen oder Handys einzuschalten.

»Das Essen wird um 19 Uhr 45 im Speisesaal eingenommen«, fährt er fort. »Zapfenstreich ist um 22 Uhr. Heute Abend können Sie – wie alle zwei Wochen – kostenlos einen Tierarzt, eine Sozialarbeiterin und einen Anwalt zu Rate ziehen.«

Sie gehen hinunter in die ehemaligen Laderäume, die zu drei Schlafsaal-Einheiten umgebaut wurden, von denen jede aus mehreren Kabinen mit Kojen und einem Sanitärbereich mit Duschen, Waschbecken und Toiletten besteht. Ein langer Flur führt durch den Schiffsrumpf, zu beiden Seiten des Flurs liegen die Zimmer. Zahlreiche Deckenleuchten spenden Licht. Es dominieren Farben in Holztönen. Alles ist sauber und hell.

Philippe und Baudelaire gehen in ihre Kabine. Die von Franck und Dalida liegt genau gegenüber. Alle Kabinen haben den gleichen Zuschnitt: ein Bullauge zur Seine hin und zwei Etagenbetten, deren unteres jeweils für den Passagier mit Hund reserviert ist. Um diese Uhrzeit haben die meisten die Türen aufgelassen.

Philippe legt seine Tasche ab und sieht sich um: Auf der Bettdecke wimmeln keine Parasiten, es gibt ein Kopfkissen und sogar Laken. An der Wand dienen mehrere große Haken dem Aufhängen von Kleidern oder Handtüchern.

Während er seine Sachen unterbringt, taucht Serge auf, Spitzname Diogenes, sein Zimmergenosse, ein vom Alter gezeichneter Mittfünfziger, das Gesicht gegerbt vom Alkohol und dem jahrelangen Leben auf der Straße.

»Tag, Franck! Alles klar?«

Die beiden Männer schütteln sich die Hand.

»Und du? Wie geht's dem großen Diogenes?«

»Hab schon Schlimmeres erlebt.«

Er schnappt sich Dalida, hebt sie mit ausgestreckten Armen hoch und wirbelt sie durch die Luft. Die Hündin bellt und wedelt mit dem Schwanz. Serge hält sie an sein Gesicht, gibt ihr ein Küsschen und wird dafür zur Belohnung kräftig geleckt. Er setzt sie wieder auf dem Boden ab und betritt Philippes Kabine. Sie stellen sich vor, schütteln sich die Hand. Serge geht in die Hocke und streichelt Baudelaire.

»Wie heißt er?«

»Baudelaire.«

»Wegen *Die braven Hunde*?«

»Kennst du das?«

Serge steht wieder auf.

»Ich war Philosophielehrer, ehe ich Penner geworden bin …«

Er klettert auf sein Bett.

»Warum bist du hier?«, fragt ihn Philippe.

»Meine Frau ist vor fast zehn Jahren bei einem Autounfall ums Leben gekommen. Ich saß am Steuer. Ich habe angefangen zu trinken, meine Schüler zu beschimpfen und meine eigenen Stunden zu schwänzen. Am Ende bin ich gefeuert worden, dann habe ich meine Wohnung verloren … Die klassische Geschichte halt! Seitdem bin ich wie Diogenes, der griechische Philosoph, der in einer Tonne gelebt hat. Aber ich trinke nicht mehr … Na ja … jedenfalls etwas weniger im Moment!«

Er lacht, ein raumfüllendes, schallendes Lachen. Philippe lächelt.

»Und du?«

Philippe schildert ihm kurz seine Geschichte.

»Du kannst es noch schaffen«, bemerkt Serge, als er fertig ist. »Die Straße hat dich noch nicht zu sehr kaputt gemacht. Du solltest mit der Sozialarbeiterin und dem Anwalt sprechen. Die sind wirklich tüchtig und kompetent.«

Als Philippe ihm antworten will, hallen gleichmäßige Schritte durch den Flur.

Die Admiralin

Eine Frau im Hosenanzug kommt, nachdem sie Franck und Dalida begrüßt hat, in Philippes Kabine.

Serge klettert rasch von seinem Bett und nimmt ironisch-stramme Haltung an.

»Admiralin!«

Sie lächelt über Serges Scherz. Am Revers ihrer Jacke ist ein Malteserkreuz befestigt.

»Rührt Euch, Diogenes, rührt Euch …«

Er steigt wieder aufs Bett.

»Sind Sie Philippe?«

»Ja.«

»Édith de Rotalier«, sagt sie und streckt ihm die Hand entgegen. »Ich bin die Leiterin von *Le Fleuron*, aber alle Passagiere nennen mich ›die Admiralin‹.«

Sie schütteln sich die Hand.

»Seien Sie willkommen an Bord.«

»Danke.«

Sie hockt sich nieder und streichelt Baudelaire.

»Wie heißt er?«

»Baudelaire.«

»Da wird sich Diogenes aber freuen …«

Sie schenkt Serge ein kurzes Lächeln und wendet sich

wieder Baudelaire zu, der schon die ersten zufriedenen Schnarchgeräusche von sich gibt.

»Wie sieht es mit seinem Impfstatus aus?«

»Ich weiß nicht«, antwortet Philippe. »Ich habe ihn auf der Straße aufgelesen. Eigentlich müsste man sagen, er hat mich aufgelesen …«

Sie steht auf.

»Ich werde den Tierarzt als Erstes zu Ihnen schicken. Wir arbeiten eng mit den Studenten der Veterinärschule von Maisons-Alfort zusammen, die sind nämlich sehr gut. Hat Ihnen Bruno ansonsten die Hausordnung erklärt?«

»Ja.«

»Hat er Ihnen gesagt, dass Sie achtundzwanzig Tage an Bord bleiben dürfen?«

»Nein.«

»Dann wissen Sie es also jetzt. Achtundzwanzig Tage, nicht einen Tag länger, damit hier auch andere Passagiere, die es nötig haben, mit ihren Leidensgefährten ein bisschen verschnaufen können.«

Philippe nickt zustimmend.

»Ich möchte Sie auch bitten, uns Bescheid zu sagen, falls Sie sich vorher entscheiden, woanders hinzugehen, damit wir nicht auf Sie warten und einen Platz freihalten, der jemand anderem nützlich sein könnte.«

»Natürlich.«

Sie wendet sich an Serge: »Wie läuft's mit der Flasche?«

»Hin und wieder ein leichter Nieselregen, aber insgesamt steht das Barometer auf Schön!«

Edith de Rotalier verschränkt die Arme vor der Brust, und ihr Blick durchbohrt ihn wie eine Harpune.

»Das war nur ein Scherz, Admiralin, seit zwei Wochen nicht ein einziger Tropfen.«

Sie mustert ihn skeptisch, alles andere als überzeugt.

»Im Ernst, Admiralin, ich gebe Ihnen mein ritterliches Matrosenehrenwort!«, fügt er hinzu und hebt die Hand, um seine Aufrichtigkeit zu unterstreichen.

»Es muss sein, Serge. Jede Unterbrechung ist ein weiterer Schritt hin zur endgültigen Abstinenz und Wiedereingliederung.«

Sie nimmt die Arme wieder von der Brust und wendet sich an Philippe.

»Ich werde Ihnen den Tierarzt schicken.«

Die beiden schütteln sich nochmals die Hand.

»Und wenden Sie sich ruhig an unsere ehrenamtlichen Helfer oder auch direkt an mich, wenn Sie Fragen haben.«

»Danke.«

Sie lächeln sich zu, und die Admiralin verlässt die Kabine. Philippe dreht sich zu seinem Philosophen-Kompagnon um und macht ein beeindrucktes Gesicht.

»Wem sagst du das«, bemerkt Serge. »Tja, die ist wirklich ein Mordsweib!«

Lymphknoten

Baudelaire lässt sich, wenn auch mit angelegten Ohren und hochgezogenen Pfoten, brav auf die Seite legen. Er sucht den Blick von Philippe, der hinter ihm hockt, seinen Kopf hält und ihn streichelt. An den Türrahmen gelehnt, verfolgt Franck das Geschehen, seine Hündin Dalida auf dem Arm.

»So!«, sagt der Tierarzt, ein junger Mann um die fünfundzwanzig, während er die Spritze herauszieht.

Baudelaire springt sofort auf und schmiegt sich an Philippe, der ihm kräftig über den Bauch und den Rücken reibt.

»Nicht ein einziges Mal gejault, kein Mucks … Er ist wirklich tapfer«, bemerkt der Tierarzt, während er Baudelaire streichelt.

Er kritzelt etwas in ein kleines Heft, das er Philippe aushändigt.

»Hier, sein Impfpass. Den sollten Sie immer dabei haben, für den Fall, dass ein Polizist Sie danach fragt. Haben Sie einen Maulkorb und eine Leine?«

»Nein. Warum?«

»Für die Metro, das ist vorgeschrieben. Wir haben welche im Lager, ich gebe sie Ihnen gleich.«

»Die Leine, na gut, warum nicht, aber der Maulkorb … Ich bin mir nicht sicher, ob ihm das gefällt …«

Baudelaire leckt ihm übers Gesicht.

»Selbst wenn Sie ihm den Maulkorb nicht anziehen, sollten Sie ihn bei sich haben, für alle Fälle, das kann Ihnen ein Bußgeld ersparen.«

»Er hat recht«, schaltet sich Franck ein. »Ich bin einmal kontrolliert worden, und wenn ich Dalidas Maulkorb nicht dabei gehabt hätte, wäre ich dran gewesen. Und das bei ihrer Größe!«

Philippe und der Tierarzt wechseln einen Blick.

»Gut, jetzt noch schnell ein paar kleine Untersuchungen, und wir sind fertig …«

Der Tierarzt wendet sich wieder zu Baudelaire und fängt an, seinen Hals abzutasten, dann den Rumpf, die Flanken, den Bauch, die Pfoten.

»Ah …«

»Was ist denn?«, fragt Philippe mit gerunzelter Stirn.

Der Tierarzt beendet seine Untersuchung.

»Kommt es manchmal vor, dass er hinkt?«

»Ich … vielleicht, darauf habe ich noch nie geachtet. Warum?«

»Einige Lymphknoten sind leicht entzündet.«

Philippe starrt ihn an.

»Auf den ersten Blick nichts Schlimmes, seien Sie unbesorgt. Die Lymphknoten reagieren als Abwehr auf alles Mögliche. Aber wenn Ihnen auffällt, dass er hin und wieder hinkt, sollten Sie sofort mit ihm zum Tierarzt gehen.«

»Warum?«

»Es könnte ein Hinweis auf beginnenden Lymphknotenkrebs sein.«

Philippe, Serge und Franck sehen sich an. Baudelaire wedelt hechelnd mit dem Schwanz.

»Aber machen Sie sich keine Sorgen, im Anfangsstadium ist auch diese Krankheit sehr gut behandelbar.«

Gesellschaft

Ein Dutzend ehrenamtliche Helfer sind in der Küche und im Speiseraum aktiv. An jedem Tisch sitzt außerdem ein ehrenamtlicher Mitarbeiter und regt die »Passagiere« zu Gesprächen an.

Vor ein paar Minuten saß Philippe noch bei Laurence Apitz, einer temperamentvollen Frau in den Dreißigern, Sozialarbeiterin, deren Behördenjargon Maschinengewehrqualität hat, und David Kolubbi, Anwalt, ebenfalls in den Dreißigern, Typ verschmitzter Dandy.

»Aber ja doch«, versicherte ihm die Sozialarbeiterin, »natürlich haben Sie Anspruch auf Sozialhilfe, mit Ihrer Kontosperrung hat das überhaupt nichts zu tun. Außerdem darf dieses Geld keinesfalls gepfändet werden, auch wenn Sie Schulden haben, einen Kredit abbezahlen oder, wie in Ihrem Fall, Unterhaltszahlungen leisten müssen.«

»Gut, aber wie komme ich an das Geld – ohne Bankkonto?«

»Ganz einfach: Entweder eröffnen Sie bei der Post ein kostenloses Konto, oder Sie bekommen einen Scheck zugeschickt, den Sie in jeder Poststelle gegen Bargeld einlösen können. Da Sie keinen festen Wohnsitz haben, müssen

Sie sich nur eine Poststelle in dem Stadtteil aussuchen, in dem Sie sich am häufigsten aufhalten, und dort Ihre Post lagern lassen, dann ist das dortige Sozialamt für Sie zuständig.«

»...«

»Kommen Sie«, sagte die Frau und legte energisch einen Stoß Papiere auf den Tisch. »Wir füllen die Formulare zusammen aus. Und da wir schon dabei sind, beantragen wir auch gleich die Krankenversicherung für Bedürftige, dann sind Sie im Krankheitsfall abgesichert.«

Nachdem sie ihm eine Reihe von Fragen gestellt hatte, rief sie aus: »Aber das ist doch verrückt! ... Warum haben Sie nicht schon früher einen Antrag gestellt? Dem Datum nach, an dem Ihre Erwerbstätigkeit geendet hat, hätten Sie seit September Sozialhilfe bekommen können! Plus Weihnachtsgeld!«

»Na ja, ich habe immer gearbeitet, ich wusste gar nicht, wie ... also, worauf ich Anspruch hatte, keinen Anspruch, aber ... wie ich überhaupt vorgehen sollte ...«

»Gut, leider lässt sich die Sozialhilfe nicht rückwirkend geltend machen, nur für den laufenden Monat ...«

»Das heißt?«

»Das heißt, dass Sie zum Monatsende 454,63 Euro erhalten – und fragen Sie mich bitte nicht, wie die 63 Cent zustande kommen, das macht den Charme unserer Behörden aus –, jedenfalls bekommen Sie das Geld entweder bar oder per Überweisung, je nachdem, wie Sie sich entscheiden. Diesen Betrag erhalten Sie für einen Zeitraum von drei Monaten, danach bekommen Sie eine Einkommenserklärung zugeschickt, die Sie ausgefüllt ans Sozialamt zurückschicken – auch wenn Sie nicht gearbeitet haben –, denn aufgrund Ihrer Erklärung wird dann errechnet, welche Ansprüche Sie für die nächsten drei Monate haben. Außerdem werden Sie zu regelmäßigen Terminen bei einem Berater des Arbeitslosenamtes eingeladen, die Pflicht sind. Ich wiederhole: Wenn Sie zu diesen Vorladungen nicht erscheinen, kann die Zahlung Ihrer Sozialhilfe eingestellt werden. Wenn Sie dann eine Wohnung finden, haben Sie weiterhin Anspruch auf eine Unterstützung, deren Höhe von Ihrer Miete und der Größe Ihrer Wohnung abhängt. Sobald Sie wieder Arbeit gefunden haben, können Sie in den ersten drei Monaten Ihrer wiederaufgenommenen Erwerbstätigkeit sowohl Sozialhilfe als auch Ihr Gehalt beziehen, hinzu kommt dann die Rückkehrprämie in die Berufstätigkeit in Höhe von 1000 Euro.«

»…«

»Ich weiß, das klingt alles ein bisschen kompliziert und verklausuliert, aber ich schreibe Ihnen die wichtigsten Dinge auf, machen Sie sich keine Gedanken. Alles in allem sind Sie eigentlich ziemlich reich … Was jetzt also, Überweisung oder Bargeld?«

»Bargeld …«

Eine Viertelstunde später war alles ausgefüllt.

»Gut! Morgen früh klären Sie das mit Ihrer Postlagerung, rufen mich unter dieser Nummer an, damit ich die verschiedenen Unterlagen vervollständigen kann, und dann reiche ich alles ein.«

»Danke …«, sagte Philippe, als er das Blatt Papier entgegennahm, auf dem sie alles für ihn notiert hatte.

»Und jetzt gehen Sie gleich noch zu David. Ich bin mir sicher, dass er erfreuliche Nachrichten hat, was Ihre Tochter betrifft …«

Philippe war direkt ins nächste Zimmer gegangen. Nach seiner Schilderung der Lage lächelte der Anwalt verschmitzt wie ein Junge, der sich im Voraus über den bösen Streich freut, den er im Schilde führt.

»Für mich ist die Sache klar: Sie werden Ihre Tochter sehr bald wiedersehen.«

»Wirklich?«

»Natürlich werden Sie Ihr anteiliges Sorgerecht zunächst nicht voll ausüben können, aber Ihre frühere Ehefrau wird nicht verhindern können, dass Sie Ihre Tochter einen Nachmittag pro Woche zu sich nehmen, am Wochenende oder am schulfreien Mittwoch.«

»Und was muss ich dafür tun?«

»Am besten versuchen Sie, ehe Sie ihr den Krieg erklären, erst einmal auf diplomatischem Weg zum Ziel zu kommen, das heißt eine gütliche Einigung zu erreichen. Dafür müssen Sie als Erstes mit Ihrer Ex-Frau sprechen. Wenn ich das richtig verstanden habe, besteht das Problem darin, dass sie umgezogen ist, ihre Rufnummer nicht bei der Auskunft hat eintragen lassen und dass Sie ihre neue Adresse nicht kennen?«

»Genau.«

»Und ihr Handy? Haben Sie versucht, sie übers Handy zu erreichen?«

»Nein, aber ich bin mir sicher, dass sie eine neue Nummer hat.«

»Wahrscheinlich. Aber versuchen Sie es trotzdem, man kann nie wissen. Sie können auch zur Schule Ihrer Tochter gehen. Ihre Ex-Frau wird ja sicher irgendwann einmal dort auftauchen, um sie abzuholen.«

»Es sei denn, sie hat Claire an einer anderen Schule angemeldet.«

»Das steht wirklich zu befürchten, schließlich ist sie auch umgezogen, ohne eine Adresse zu hinterlassen. Aber rufen

Sie trotzdem bei der Schule an. Auch hier kann man nie wissen. Sehen Sie sonst irgendeine Möglichkeit, sie aufzuspüren?«

»Ihre Eltern. Aber zwischen denen und mir war es nie wirklich …«

»Verstehe. Versuchen Sie auch das. Und sollte es wirklich so sein, dass …«

Er zückte eine Visitenkarte und notierte etwas auf der Rückseite.

»… dass bei all dem nichts herauskommt, dass Sie Ihre Ex-Frau vielleicht finden, sie sich aber weigert, Ihnen Ihre Tochter einmal pro Woche für einen Tag anzuvertrauen, oder dass Sie sie gar nicht erst finden, dann rufen Sie mich an. Wir werden uns an das zuständige Familiengericht wenden, und ich habe keinen Zweifel daran, dass der Richter die Machenschaften Ihrer Frau richtig bewerten wird. Die bloße Tatsache, dass sie in Versailles geboren ist, verleiht ihr nicht mehr Rechte als Ihnen …«

Er gab ihm seine Karte, auf der er seine Handynummer notiert hatte.

»So oder so halten Sie mich auf dem Laufenden. Entweder per Telefon oder in zwei Wochen hier, einverstanden?«

Philippe nickte und steckte die Karte in seine hintere Hosentasche.

»Eine Sache noch«, fügte der Anwalt hinzu und lächelte dabei so vielsagend wie jemand, der Blut gerochen hat. »Schauen Sie doch mal nach, ob in der Poststelle Porte d'Orléans noch Briefe liegen, die man für Sie aufbewahrt hat. Wahrscheinlich nicht, weil sie nur zwei Wochen gelagert werden, aber wer weiß? In Anbetracht des Charakters Ihrer Ex-Frau würde es mich nicht wundern, wenn sie Ihnen einen oder vielleicht auch mehrere gepfefferte Briefe geschickt hätte, nachdem Ihre Unterhaltszahlungen ausgeblieben sind. Und weil sie umgezogen ist und ganz offensichtlich nicht will, dass Sie ihre neue Adresse kennen, wird sie diese auch nicht auf den Umschlag geschrieben haben. Das könnte bedeuten, dass einige der Briefe vielleicht doch noch irgendwo gelagert sind … Sie wären natürlich erstklassige Beweisstücke, falls wir vor Gericht gehen müssen …«

Ein ehrenamtlicher Helfer kommt an Philippes Tisch und teilt die Suppe aus. Philippe sitzt mit Serge, Franck und einigen anderen Passagieren von *Le Fleuron* zusammen.

»Mach dir keine Sorgen«, beruhigt ihn Franck, »das wird schon gutgehen mit Baudelaire …«

Serge gibt ihm einen freundschaftlichen, aufmunternden Klaps auf die Schulter. Eine Zeit lang dreht sich das Gespräch um Baudelaire und seine Lymphknoten, dann wird über andere Dinge gesprochen, das Leben auf der Straße, das Tagesgeschehen, die Politik. Hin und wieder werden die Stimmen lauter: »Trotzdem, wenn die ganzen Ausländer nicht wären …«, sagt einer.

»Hör auf mit dem Quatsch!«, entgegnet Serge. »Sieh dir Mustapha an.« Er deutet auf einen ihrer Tischgenossen. »Er ist in Frankreich geboren und genauso französisch wie du und ich …«

»Ja, gut, ich meine ja auch die *anderen* …«

»Wie, die *anderen*? Welche *anderen*?«

»Na, die ganzen anderen eben … Alle die, die zu uns kommen, von wegen Sozialhilfe, Krankenversicherung und so weiter …«

»Na und? Was können die dafür? Du bist doch auch froh, dass du das alles kriegst … Was würdest du denn an deren Stelle tun?«

Die Diskussion ist lebhaft, aber sie endet in allgemeinem Gelächter, als Serge den anderen fragt: »Wo kommst du überhaupt her?«

»Aus dem Osten.«

»Und wo im Osten? Aus dem Osten ... das ist ja wohl ziemlich vage ...«

»Straßburg.«

»Na, bitte«, sagt Serge augenzwinkernd an die Tischrunde gewandt. »Ein dreckiger Einwanderer aus dem Teutonen-Land!«

Nach dem Dessert gehen manche in den Rauchsalon auf der Brücke, andere verschwinden in ihren Kabinen oder spielen mit den ehrenamtlichen Mitarbeitern Gesellschaftsspiele. An Bord von *Le Fleuron* gibt es keinen Fernseher.

Bevor sie eine Partie Trivial Pursuit in Angriff nehmen, rauchen Philippe und Serge im hinteren Teil des Kahns eine Zigarette.

»Was für ein Idiot, dieser Scheißrassist!«, bemerkt Serge und nimmt einen kräftigen Schluck aus einem Flachmann, den er in seiner Tasche versteckt hat.

Die Nacht ist schön und sternenklar, die Kälte mörderisch. Sie kehren in den Speisesaal zurück, um mit dem Spiel anzufangen.

Um 22 Uhr liegen alle in ihren Kojen, um 8 Uhr am nächsten Morgen ist Aufstehzeit. Serge fällt geradezu in sein Bett. Philippe kann erst nicht einschlafen. Er hat seinen Schlafsack auf die Bettwäsche gelegt und ist mit Baudelaire hineingekrochen. Der schlummert schon selig, als auch Philippe endlich vom Plätschern der Wellen gegen den Rumpf des Schiffs in den Schlaf gewiegt wird.

Ausgewählte Lesestücke

Einige Tage später ist Philippe in Begleitung von Baudelaire unterwegs zum Postamt in der Rue Littré, das er zu seiner postalischen Anschrift gemacht hat.

Gleich nach seiner ersten Nacht an Bord von *Le Fleuron* ist er zur Poststelle Porte d'Orléans gegangen, um nachzufragen, ob dort in den vergangenen neun Monaten Briefe für ihn eingetroffen sind. Nach längeren Nachforschungen konnte ihm der Beamte mitteilen, dass einige Briefe und mehrere Einschreiben für ihn gelagert und schließlich an den Absender zurückgeschickt worden seien, mit Ausnahme von drei Umschlägen, die sich noch im Zentrallager befänden.

»Soll ich dort anrufen, damit Ihnen die Briefe noch einmal zugestellt werden?«

»Geben Sie mir nur die Referenznummern der Briefe, ich bin jetzt in einem anderen Stadtteil«, lautete Philippes Antwort.

Von dort ist er zum Postamt Rue Littré in der Nähe von Montparnasse gelaufen, wo er jetzt wieder Schlange steht, und hat sich vergewissert, dass er unter dieser Adresse ab sofort seine Post empfangen kann. Anschließend hat er im Zentrallager angerufen und darum gebeten, die fraglichen

Briefe nochmals zugestellt zu bekommen – »innerhalb der nächsten drei Tage«, wurde ihm versprochen. Als Nächstes hat er bei der Auskunft angerufen und sich mit der Schule seiner Tochter verbinden lassen – »Sie besucht seit Januar eine andere Einrichtung«, erklärte ihm eine junge Frau am Ende der Leitung. Daraufhin konnte er endlich wie besprochen seine beiden Unterstützer anrufen.

»Wunderbar, die Anträge gehen noch heute raus«, verkündete ihm die Sozialarbeiterin.

»Gut, Ihre Ex-Frau macht einen Fehler nach dem anderen. Sagen Sie mir Bescheid, wenn Sie alles zusammen haben«, war die Reaktion des Anwalts.

Als er *Le Fleuron* an diesem Morgen verlassen hat, ist er als Erstes zu Ahmed gegangen, um zu frühstücken, dann zum Bahnhof, um zu duschen, und schließlich zur Post, die er nun mit drei Umschlägen verlässt: Bei zweien handelt es sich um nachgesendete Briefe, der dritte ist ein ganz normaler Briefumschlag. Auf allen die enge, gedrängte Schrift von Sandrine, auf keinem ein Absender.

Die beiden ersten, datiert in der zweiten Junihälfte, beinhalten den Kündigungsbrief für seinen Handy-Vertrag aufgrund unterlassener Zahlungen und das Schreiben, das ihn darüber in Kenntnis setzt, dass sein Konto gesperrt wurde. Das dritte Schreiben mit Poststempel vom 12. September entspricht voll und ganz den Erwartungen des Anwalts: kein Hinweis auf den Absender, dafür ein handgeschriebener, erboster Brief von Sandrine.

»Das wird ja immer schöner.

Seit letztem Juli immer noch keine Unterhaltszahlung von Dir. Ich habe alles versucht, um Dich zu erreichen. Handy, Mails, Briefe. Entweder hat mir eine

Stimme vom Band mitgeteilt, dass es Deine Nummer nicht mehr gibt, oder meine Briefe sind zurückgekommen. Mein Anwalt hat bei Deiner Bank angerufen, aber man hat ihm gesagt, Dein Konto sei gesperrt worden.

Das wird ja wirklich immer schöner.

Ich weiß nicht, ob Du diesen Brief bekommen wirst. Aber Du sollst wissen, dass ich umziehen werde, dass Du mich nicht wiederfinden und auch Deine Tochter nicht wiedersehen wirst, solange Du mir nicht den Unterhalt zahlst, den Du mir für die vergangenen und kommenden Monate schuldest.

Ich dachte, wenn ich Dich endlich vor die Tür setze, würde Dich das wachrütteln, Dir Dampf machen.

Fehlanzeige.

Du bist erbärmlich.

Sandrine.«

Philippe lächelt, geht in die Poststelle zurück, fotokopiert den Brief und stellt sich nochmals an. Am Schalter kauft er einen vorfrankierten Umschlag, auf den er die Adresse der Anwaltskanzlei schreibt. Er schiebt die Fotokopie hinein, dazu einen Zettel mit folgendem Kommentar:

»Ausgewählte Lesestücke. Herzliche Grüße, Philippe.«

Fatimas Hand

Philippe sitzt gegenüber von Bébère am Tisch. Er liest die letzten Zeilen von Sandrines Brief, während Baudelaire seine Fleischbällchen vertilgt, um anschließend mit lautem Schmatzen die Innenwände seines Napfes blank zu lecken. Fatima hat aufgehört, ihr Fleisch in Stücke zu schneiden. Ahmed, der Philippe begleitet hat, lehnt mit verschränkten Armen am Kühlschrank, die Augen auf den Boden gerichtet, verloren im Geflecht der weißen Kacheln.

»Das wär's ...«, beendet Philippe seine Lektüre und faltet den Brief zusammen.

Schweigen. Baudelaire hat seine Mahlzeit beendet und schaut mit gespitzten Ohren in die Runde. Dann leckt er sich die Lefzen, jault fragend und lehnt sich an Philippe, der ihm einen Arm um den Hals legt und ihm den Bauch streichelt. Der Kühlschrank springt wieder an. Sein friedliches Brummen erfüllt die kleine Küche.

»Darf ich ... darf ich ihn mal sehen?«, fragt Bébère, nachdem er sich geräuspert hat.

Philippe gibt ihm den Brief. Bébère faltet ihn auseinander und überfliegt ihn.

»Kannst du ihn in die Dose tun, zu meinem Geld?«

»Natürlich!«

»Und … was hat der Anwalt gesagt?«, erkundigt sich Ahmed.

»Dass ich es zuerst auf dem diplomatischen Weg versuchen soll.«

»Das heißt?«, fragt Bébère nach.

»Sandrine wiederfinden und sich auf gütlichem Weg einigen. Es jedenfalls versuchen …«

»Ich bin mir nicht sicher, ob das mit so einem Weibsbild geht …«, bemerkt Bébère.

»Und wie sollst du das überhaupt anstellen, du hast doch ihre Adresse gar nicht, und sie hat deine Tochter von der Schule genommen …«, fügt Ahmed hinzu, worauf ihm ein leises »Hurentochter!« herausrutscht und er sich mit einem nachgeschobenen »Entschuldigung, Madame!« schnell zur Ordnung ruft. Dabei wirft er Fatima einen Seitenblick zu und hält sich die Hand vor den Mund.

»Wenn es überhaupt eine Möglichkeit gibt …«

Alle Blicke richten sich auf Philippe.

»Dann wäre das?«, fragt Bébère, während er den Brief in Philippes Plätzchendose legt.

»Dass ich zu meinen früheren Schwiegereltern gehe, um ihnen die Würmer aus der Nase zu ziehen …«

»Das musst du erst mal schaffen …«, wirft Ahmed ein und verliert sich wieder in der Betrachtung der weißen Bodenkacheln.

»Tja …«, bemerkt Philippe.

»Hast du ein Foto von deiner Tochter?«, fragt ihn Ahmed.

»Ein Foto?«

Philippe zückt seine Brieftasche und klappt die beiden Sichtfächer auf: rechts sein Personalausweis, links das Foto von Claire. Ahmed kommt näher.

»So eine Schlampe! … Äh, nicht deine Tochter, die Alte natürlich …«, sagt er und deutet mit dem Kinn auf die Dose, in der Bébère den Brief deponiert hat.

»Kann ich mal sehen?«, fragt Bébère.

Philippe gibt ihm die Brieftasche. Er betrachtet das Foto, lächelt, gibt es ihm zurück.

Fatima kommt an den Tisch, nimmt ihm wortlos die Brieftasche aus der Hand. Ihre Augen wandern zwischen dem Foto und dem Personalausweis hin und her.

»Was ist das, ›Lafosse‹?«, will sie wissen.

»Mein Familienname.«

»Das hatte ich schon verstanden, aber woher kommt der?«

»Ich weiß nicht. Ich bin aus Le Havre, aber mein Name … Ich weiß nicht …«

Sie klappt die Brieftasche zu und gibt sie ihm zurück. Der Kühlschrank überwindet sein Brummen mit einem kräftigen Hickser, und es wird wieder still.

»Was machst du jetzt?«, fragt Ahmed schließlich.

Den Blick ins Leere gerichtet, holt Philippe tief Luft und verzieht unschlüssig den Mund.

»Ich weiß nicht …«

Fatima gibt ihm eine Ohrfeige. Alle starren sie wie vom Donner gerührt an.

»Was soll das heißen, du weißt nicht?«, keift Fatima. »*Nardinamouk*, du wirst jetzt deinen Arsch bewegen, und zwar sofort!«

»Fatima …«, stammelt Bébère.

»Halt die Klappe!«

Keiner sagt einen Ton. Baudelaire hat die Ohren so fest angelegt, dass sie kaum noch zu sehen sind.

»Und du«, fährt Fatima fort, den Zeigefinger auf Philippe

gerichtet, »du gehst zu den Eltern von dieser *charmouta*, und wenn's sein muss, schneidest du ihnen die Kehle durch, aber du setzt keinen Fuß mehr in diese Küche, solange du deine Tochter nicht wiedergefunden hast!«

Sie packt ihn am Arm und zerrt ihn zu dem Törchen, das in den Innenhof führt. Mit gesenktem Kopf und eingezogenem Schwanz ergreift Baudelaire die Flucht.

»Los, los, *astrahh*! Du auch!«, ruft sie Ahmed zu. *»R'fy!«*

»Fatima …«, versucht Bébère, seine Frau zu beschwichtigen.

»Alsmt!«

Die ganze Versammlung samt dem traurig dreinschauenden Bébère findet sich im Hof wieder.

»Und du, an die Arbeit! *Chouf! Chouf!*«, befiehlt ihm Fatima, die schon wieder auf dem Weg in die Küche ist. »Lafosse … Le Havre …«, schimpft sie leise vor sich hin.

Bébère und seine Freunde tauschen entgeisterte Blicke aus.

»Bébère, *nardinamouk*!«, schreit Fatima von drinnen.

Mit einer kreisenden Handbewegung bedeutet er ihnen, dass sie später miteinander reden werden, und kehrt zu Fatima zurück, die in der Küche energisch Fleisch in Stücke schneidet.

Blaue Stunde in Versailles

Der Sonntag geht zu Ende. Ein bleicher Tag stiehlt sich auf Zehenspitzen aus Versailles davon. Bald werden Großpapa und Großmama von ihrer Bridge-Partie nach Hause kommen. Die Bäume in ihrer Straße krümmen sich nach diesem endlosen Winter immer noch nackt.

Im Schutz der länger werdenden Schatten, die sich räkeln wie ein träge dahingehendes Wochenende, warten Philippe und Baudelaire seit fast einer Stunde. Jedes Mal, wenn ein Auto in die stille, verlassene Straße einbiegt, richten sie sich in gespannter Erwartung auf. Die Straßenlaternen gehen an und lassen die Schatten noch dunkler erscheinen.

Ein Mercedes, metallicgrau, biegt um die Ecke, wird langsamer, je näher er kommt, und parkt vor einem frisch verputzten Haus. Die roten Rücklichter und der Motor gehen aus, nur noch das leise Brummen des Kühlsystems ist zu hören.

Jean-Paul und Marie steigen aus dem Wagen und gehen gemächlich auf das Tor ihres Wohnhauses zu.

»Großpapa und Großmama …«

Sie drehen sich zu der Stimme um und blicken suchend in die Nacht. Als sie auf der Straße den ärmlich gekleideten Philippe erkennen, weichen sie unwillkürlich zurück.

»Ah, Philippe … Was für eine schöne Überraschung …« Großpapa hat sich schnell gefangen.

Er trägt ein entspanntes, selbstbewusstes Lächeln zur Schau, spielt jedoch nervös mit seinem Schlüsselbund. Er streckt seinem früheren Schwiegersohn, der jetzt vor ihm steht, die Hand entgegen.

Langsam tritt Baudelaire aus der Dunkelheit, knurrend, mit eingezogenem Kopf und angelegten Ohren, auf seinem Rücken sträubt sich das Fell, die Zähne sind gefletscht. Großpapa zieht abrupt die Hand zurück und lässt den Arm sinken.

Plötzlich fängt Baudelaire an zu bellen, schnellt dabei mit dem Körper vor und zurück, kauert sich knurrend zusammen, als würde er zum Sprung ansetzen, bellt wieder los. Bei jedem Bellen zucken Jean-Paul und Marie zusammen und weichen Schritt für Schritt zurück.

»Baudelaire …«

Als er Philippes Stimme hört, hält Baudelaire sofort inne. Er rührt sich nicht mehr und stellt auch das Bellen ein, nur sein dumpfes, drohendes Knurren nicht.

»Wo sind sie?«, fragt Philippe ruhig.

»Ich …«, stammelt Jean-Paul, als hätte er Philippe nicht verstanden.

»Los, los, Großpapa, wir wollen doch nicht die ganze Nacht hier herumstehen …«

»Jetzt hör mir mal gut zu, du jämmerlicher Wicht …«

Philippe packt ihn mitten im Satz am Kragen, drückt ihn gegen die Motorhaube eines parkenden Autos und hält ihn am Mantelrevers so fest umklammert, dass er kaum noch Luft bekommt. Marie unterdrückt einen Schrei.

In dem Handgemenge fliegen Jean-Pauls Schlüssel durch die Luft und schlagen mit einem dumpfen Klirren auf den Asphalt.

»Die Adresse und die Schule, schnell …«

»Nie… niemals«, bringt Jean-Paul mühsam hervor.

»Baudelaire …«

Langsam bewegt sich der Hund auf Marie zu, die vor jedem seiner langen, ausholenden Schritte zurückweicht. Die Gitter des Tors nehmen ihr jede weitere Fluchtmöglichkeit. Baudelaire bleibt wenige Meter vor ihr stehen.

»Sag's ihm, Jean-Paul …«

Die beiden Männer taxieren sich herausfordernd.

»…«

»…«

Baudelaire beginnt wieder zu kläffen und sieht so aus, als würde er jede Sekunde losstürzen. Wie gelähmt vor Angst, presst sich Marie an das Gitter.

»Jean-Paul!!!«

»…«

»…«

Baudelaire setzt zum Sprung an. Genau in diesem Moment sprudelt die verlangte Information aus Großmamas Mund.

»Baudelaire!«

Der Hund hält inne. Philippe funkelt Großpapa noch einmal zornig an, dann lässt er ihn los und tritt ein paar Schritte zurück. Jean-Paul massiert sich den Hals, zerrt an seinem Mantelkragen. Baudelaire läuft wieder zu Philippe.

Der mustert seine früheren Schwiegereltern ein letztes Mal und verschwindet, von Baudelaire gefolgt, im Dunkel der Nacht.

Karneval

Der elektronische Gong verkündet das Unterrichtsende. Helle Schreie hallen über den Bürgersteig, wo die Eltern auf ihre kleinen Ungeheuer warten. Darunter Sandrine, die sich ängstlich umblickt. Laurent hat ihr mit schützender Geste einen Arm um die Schultern gelegt.

Minuten später ist die Straße vom Gebrüll und Gelächter der kleinen Monster erfüllt, die sich zum Karneval geschminkt und verkleidet haben. Sie laufen hintereinander her, bewerfen sich mit Luftschlangen und pusten sich mit Blasrohren aus Karton bunte Papierkügelchen ins Gesicht. Die Straße hat sich in ein lautes Getümmel aus Farben und Kostümen verwandelt.

Verfolgt von einer vierköpfigen, mit Wasserbomben bewaffneten Jungenbande, kommen Claire und ihre drei Freundinnen angerannt. Claire flüchtet sich prustend vor Lachen zu ihrer Mutter, wo sie in Sicherheit ist. Sie hat sich als Prinzessin kostümiert, mit einem Kleid, in dem Weiß, Blau und Rosa ineinander verschmelzen wie die Farben des Himmels im Morgenrot.

Sandrine fasst sie an der Hand und zieht sie fort. Doch Claire stemmt sich gegen den Arm ihrer Mutter, worauf sich Sandrine zu ihr umdreht.

»Nun komm schon, wir müssen los!«

»Aber … Ich will noch ein bisschen bleiben!«

Energisch reißt Claire ihre Hand los und verschränkt schmollend die Arme vor der Brust.

»Claire …«, sagt Sandrine mit drohend erhobenem Zeigefinger.

Laurent, der dazugekommen ist, hockt sich vor das Mädchen.

»Soll ich dich auf den Schultern tragen?«

Claire tritt einen Schritt zurück und schüttelt den Kopf.

»Hör zu, das reicht jetzt …«, zischt Sandrine.

Als sie einen Schritt auf ihre Tochter zugeht, taucht plötzlich schwanzwedelnd Baudelaire vor dem Mädchen auf. Er hat eine Fliege um den Hals, die in allen Regenbogenfarben leuchtet.

»Hallo; du Hund!«

Sie streichelt ihn.

»Claire, lass das! Vielleicht ist er bissig!«

Baudelaire hat sich hingesetzt und lässt sich mit hängender Zunge liebkosen.

»Ist er nicht.«

Sandrine dreht sich um: Vor ihr steht Philippe in seiner seltsam zusammengewürfelten, ärmlichen Kleidung. Als Claire die Stimme ihres Vaters hört, hebt sie den Kopf.

»Papa!«

Sie wirft sich in seine Arme. Philippe hebt sie hoch und küsst sie.

»Meine kleine Prinzessin!«

»Mama hat gesagt, du hast uns verlassen …«

»Niemals, meine kleine Prinzessin, niemals …«

»Was ist das?«, fragt Claire und zeigt auf seinen Bart.

»Nichts, ich werd's dir erklären …«

Sie zieht an seinen Barthaaren.

»Aua!«

Er stellt sie wieder auf den Boden. Sie deutet auf Baudelaire.

»Ist das deiner?«

»Ja. Er heißt Baudelaire.«

Baudelaire kommt zu ihnen und setzt sich dazwischen.

»Dürfte ich erfahren, was das soll?«, fragt Sandrine trocken.

Philippe richtet sich zu seiner vollen Größe auf.

»Ich freue mich auch, dich zu sehen. Ich denke, wir müssen ein paar Dinge klären …«

»Ich habe dir nichts zu sagen …«

»Oh doch, das hast du …«

Er wendet sich an Laurent.

»Bist du in Begleitung gekommen, weil du Angst vorm bösen Wolf hattest?«

Er reicht ihm die Hand.

»Philippe, Claires Vater …«

Laurent betrachtet die ausgestreckte Hand, dann verschränkt er die Arme.

»Ihr beide scheint euch ja wirklich gesucht und gefunden zu haben«, sagt Philippe mit einem Seitenblick zu Sandrine.

Laurent macht Anstalten, auf Philippe loszugehen, doch der bremst ihn mit erhobener Hand.

»Tu's lieber nicht«, sagt er und deutet auf Baudelaire. »Er ist lieb, solange man auch lieb zu mir ist …«

Laurent schweigt. Philippe wendet sich wieder zu Sandrine.

»Soll ich dich auf einen Kaffee einladen?«

»Nein, ich glaube nicht …«

»Ich glaube doch!«

»Nein, nach allem, was du meinen Eltern angetan hast.«

»Was ist denn mit Großpapa und Großmama?«

»Nichts, meine kleine Prinzessin. Mama hat mir einen Brief geschrieben, um mir zu sagen, dass ich dich nie wiedersehen werde, und deshalb bin ich zu ihnen gegangen, um zu erfahren, wo ihr hingezogen seid und wo deine neue Schule ist …«

»Okay«, unterbricht ihn Sandrine, »dann trinken wir jetzt halt schnell einen Kaffee, aber du hältst sofort den Mund …«

»Hast du mir nicht gesagt, dass sie langsam in das Alter kommt, in dem ein Kind Dinge verstehen kann?«

»Hör auf!«

Philippe dreht sich zu Claire um.

»Papa und Mama gehen jetzt in das Café dort an der Ecke, damit wir uns unterhalten können, kleine Prinzessin. Kannst du solange auf Baudelaire aufpassen?«

Claire nickt begeistert.

»Und dich bitte ich nicht, uns zu begleiten«, zischt Philippe in Laurents Richtung.

»Warte im Auto auf uns«, sagt Sandrine zu ihrem Freund. »Es wird nicht lange dauern.«

»Das hängt allein von dir ab«, bemerkt Philippe, während er mit ihr auf das Café zugeht.

Liebesgeflüster

Sie sitzen einander gegenüber. Der Kellner stellt jedem eine Tasse Kaffee sowie ein Glas Wasser hin und zieht sich zurück. Philippe reißt das Zuckertütchen auf und schüttet den Inhalt in seine Tasse, während er durch die Glasscheibe nach draußen sieht. Er lächelt. Auf dem Bürgersteig vor der Schule ist Claire von Kindern umringt. Alle spielen mit Baudelaire, werfen ihm Bälle zu, die er zurückbringt, oder schmücken ihn mit Luftschlangen und Spitzhütchen aus Karton.

»Also?«

Philippe zerdrückt in aller Ruhe den Zucker auf dem Boden seiner Tasse.

»Von heute an wird Claire jeden Mittwochnachmittag mit mir verbringen.«

»Ach ja?«

»Du wirst sie zu dieser Adresse bringen«, fährt er fort und schiebt einen kleinen Zettel über den Tisch, auf dem er die Anschrift von Bébère notiert hat. »Abends wirst du sie dort wieder abholen. Mehr habe ich dir nicht zu sagen. Du kannst jetzt gehen, wenn du willst.«

Er trinkt einen Schluck Kaffee.

»Den solltest du mal probieren, er ist gut.«

Sandrine nimmt den Zettel.

»Hast du eine Wohnung gefunden?«

»Sehe ich so aus?«

»Keine Wohnung, kein Mittwochnachmittag …«

Philippe zieht ohne jede Hast einen Stift aus seiner Tasche, dazu ein Schreiben mit dem Briefkopf der Anwaltskanzlei, das er vor Sandrine auf den Tisch legt.

»Was ist das?«

Er bedeutet ihr, den Brief zu lesen. Sandrine seufzt entnervt, aber sie fügt sich. Während sie den Text überfliegt, verzerrt sich ihr Gesicht.

»Mein Anwalt ist bereit, dieses Schreiben morgen früh an den Familienrichter zu schicken«, versetzt Philippe in neutralem Ton.

Für einen kurzen Moment sitzt Sandrine mit blutleeren Lippen da, wie versteinert, dann schleudert sie den Brief auf den Tisch.

»Wenn du versuchst, mich wegen Kindesentzug anzuklagen, lege ich dir böswilliges Verlassen zur Last …«

»Obwohl wir da schon von Tisch und Bett getrennt waren? Das dürfte schwierig werden …«

»Und die Unterhaltszahlungen?«

»Na ja, ein bisschen obdachlos bin ich schon …«

Die beiden durchbohren sich mit Blicken.

»Papa hat einen sehr guten Anwalt …«

»Nicht nach dem letzten Brief, den du mir geschickt hast …«

»Welchem Brief?«

»Wie heißt es da noch? … ›Du wirst mich nicht wiederfinden und auch deine Tochter nicht wiedersehen, solange du mir nicht den Unterhalt zahlst, den du mir schuldest …‹ et cetera pp.«

»Ja und? Was gibt's dazu zu sagen?«

»Okay, das zum Thema Kindesentzug … Aber da war doch noch was, von wegen böswilliges Verlassen … Ach ja, genau: ›Ich dachte, wenn ich dich endlich vor die Tür setze, würde dich das wachrütteln‹ … So was in der Art …«

Philippe trinkt seinen letzten Schluck Kaffee und legt genug Geld für beide auf den Tisch.

»Ich lade dich ein, das tue ich gern …«

Sandrine hält seinem Blick eine Weile stand, dann schaut sie weg und lässt den ihren ziellos durch das Café schweifen.

»Okay«, lenkt sie schließlich widerstrebend ein. »Wo kann ich dich erreichen?«

»Ich rufe dich an. Schreib mir deine Nummern auf«, sagt er und zeigt auf den Anwaltsbrief und den Stift. »Festnetz und Handy.«

Sandrine gehorcht und schiebt ihm alles schroff über den Tisch.

»Ich freue mich sehr, du nicht?«

Sie schlägt den Blick nieder. Philippe schaut durch die Scheibe. Er lächelt.

»Ich wusste, dass sie sich gut mit ihm verstehen würde …«

Von anderen fröhlichen Kindern umringt, wirft Claire Baudelaire einen Ball zu. Unter großem Beifall schnappt er ihn in der Luft, aber als er zu der Gruppe zurückläuft, beginnt er zu hinken. Er lässt den Ball los. Jedes Mal, wenn er versucht, mit der Pfote aufzutreten, jault er vor Schmerz.

»Oh Gott!«

Philippe springt auf, rennt aus dem Café zu Baudelaire, nimmt seine Pfote, tastet sie ab.

»Was ist passiert?«, fragt er die Kinder unruhig.

Keine Antwort. Baudelaire sieht Philippe verstört und ein bisschen benommen an, leckt ihm die Hand.

»Das wird schon wieder«, flüstert Philippe, während er ihn streichelt. »Das wird schon wieder …«

Langsam zieht er Baudelaires Pfote in Richtung Boden, aber kurz bevor sie den Asphalt berührt, zuckt der Hund zurück. Philippe streichelt ihm über den Kopf, geht ein paar Meter von ihm weg und winkt ihn zu sich. Baudelaire senkt langsam die Pfote, er zögert, bis er schließlich vorsichtig auftritt und ganz normal auf Philippe zuläuft. Er wedelt mit dem Schwanz und bellt, als wäre nichts gewesen. Claire läuft zu ihrem Vater.

»Wir haben gespielt und …« Sie stockt.

»Ich weiß, meine kleine Prinzessin, ich weiß …«

Baudelaire tapst wieder zwischen den Kindern umher.

Weitere Untersuchungen

In der Kabine von *Le Fleuron* liegt Baudelaire wieder brav auf der Seite, die rechte Vorder- und Hinterpfote hochgezogen, während ihn der junge Tierarzt aufmerksam abtastet. Philippe hockt hinter seinem Gefährten, hält ihm mit beiden Händen den Kopf und streichelt ihn sachte. Édith de Rotalier und Franck, der Dalida im Arm hält, lehnen am Türrahmen. Oben auf dem Etagenbett kauert im Schneidersitz Serge. Alle verfolgen gebannt die langsamen, präzisen Bewegungen des Arztes. Das Schweigen wird nur durch Baudelaires ein- und aussetzendes Hecheln gebrochen. Der Tierarzt beendet seine Untersuchung, verschränkt die Arme vor der Brust, seufzt.

»Und?«, fragt Philippe.

Baudelaire setzt sich dicht neben ihn, Philippe legt ihm einen Arm um den Hals.

»Im Vergleich zum letzten Mal ist sein Zustand unverändert, die Lymphknoten sind weder weiter angeschwollen noch abgeschwollen.«

»Das heißt?«, will Édith de Rotalier wissen.

»Ich kann nichts Eindeutiges sagen, ich müsste eingehendere Untersuchungen durchführen.«

»Aber was denken Sie?«, beharrt Philippe.

»Das, was nach Ihren Schilderungen vor ein paar Tagen passiert ist, stimmt mich nicht gerade optimistisch.«

In der Kabine werden Blicke getauscht.

»Aber wie ich schon sagte«, fügt er rasch hinzu, »kann ich keine definitive Diagnose stellen. Alles ist denkbar. Ihr Hund hat vielleicht beim Auffangen des Balls nur eine falsche Bewegung gemacht, die sein vorübergehendes Humpeln erklärt. Nur könnte es eben auch Symptom einer beginnenden Krebserkrankung im Lymphsystem sein.«

Wieder werden Blicke gewechselt.

»Was würden Sie mir raten?«, fragt Philippe in die Stille hinein.

»Weitere Untersuchungen, und zwar so schnell wie möglich … Die sind allerdings nicht gerade billig …«

»Wie teuer?«

»Um die hundert Euro. Vielleicht auch etwas mehr.«

»Am Ende der Woche bekomme ich zum ersten Mal Sozialhilfe, das dürfte also kein Problem sein.«

Der Tierarzt zieht einen Terminkalender aus seiner Ledertasche.

»Können Sie nächsten Montag nach Maisons-Alfort kommen?«

»Um wie viel Uhr?«

»14 Uhr 30?«

»Perfekt.«

Der Arzt notiert die Adresse auf einem Zettel, gibt ihn Philippe, steht auf.

»Und noch mal: Machen Sie sich nicht zu große Sorgen.«

Er packt seine Sachen und geht mit Franck in die Nachbarkabine, um Dalida zu untersuchen. Édith de Rotalier streicht Philippe mit einem aufmunternden Lächeln über den Arm und geht, um sich anderswo nützlich zu machen. Serge klettert vom Bett herunter und gibt Philippe einen freundschaftlichen Klaps auf die Schulter.

»Komm, ich geb dir im Rauchsalon ne Zigarette aus.«

Sie folgen Baudelaire, der munter vorausgelaufen ist, in den Gang.

»Und mach dir keine Gedanken, große Dichter sind unsterblich …«

Küchenintrigen

Am nächsten Tag geht Philippe zu Bébère, wo er nicht ihn, sondern nur Fatima antrifft, die gerade dabei ist, den Laden für die betriebsame Mittagszeit vorzubereiten.

»Er ist zum Markt gegangen«, sagt sie mit einem Blick auf die Uhr. »Er müsste gleich zurück sein.«

»Dann komme ich später noch mal vorbei, danke …«

»Du kannst auch hier auf ihn warten, wenn du willst.«

Philippe starrt sie verdutzt an.

»Er hat mir das mit deiner Tochter erzählt … Setz dich.«

Sie bietet ihm einen Stuhl an. Philippe bleibt erst wie angewurzelt stehen, dann nimmt er Platz. Baudelaire legt sich zwischen seine Beine.

»Hast du Hunger?«

»Ich … ähm …«, stammelt Philippe verwirrt.

»Du hast Hunger«, fährt sie ihm über den Mund. »Ich mache Fleischbällchen.«

Ohne ihm Zeit für eine wie auch immer geartete Antwort zu lassen, macht sie sich an die Arbeit.

»Wann siehst du sie wieder?«

»Sobald das Wetter besser wird.«

»Warum nicht vorher?«

»Nun, ich … Ich will lieber die Zeit mit ihr verbringen,

mit ihr und Baudelaire durch Paris spazieren, als in einem Kino oder Café zu hocken …«

Fatima nickt zustimmend. Sie kommt mit einem Teller und Baudelaires Napf zu ihm an den Tisch. Der Hund stürzt sich darauf.

»Danke …«

Sie nimmt ihm gegenüber Platz.

»Ich habe deine Mutter angerufen.«

Philippe schnappt nach Luft.

»Bébère war eigentlich nicht damit einverstanden, aber ich habe mir gedacht …«

»…«

»Ich habe sie beruhigt. Man lässt eine Mutter nicht mit ihrem Kummer allein.«

»Was haben Sie ihr gesagt?«

»*Nardinamouk*, seit wann siezt du mich eigentlich?«

Sekundenlang verschlägt es Philippe die Sprache, während Baudelaire lautstark seinen Napf ausleckt.

»Also, was hast du ihr gesagt?«, fragt er schließlich noch einmal.

»Die Wahrheit.«

»Was?«

»Die Wahrheit!«

»…«

»Aber ich habe ihr gesagt, dass es dir jetzt besser geht und dass du auf dem richtigen Weg bist.«

Baudelaire hebt den Kopf. Während er sich die Lefzen leckt, wandert sein Blick zwischen den beiden hin und her, dann legt er sich wieder schnaufend zwischen Philippes Füße.

»Sie würde sich freuen, wenn du sie mal anrufen würdest …«

»…«

»…«

»Fatima, ich … Ehrlich gesagt weiß ich nicht …«

»Ich aber, und sie auch.«

»He, was wird denn hier ausgeheckt?«

Bébère ist durch den Hinterhof hereingekommen. Baudelaire begrüßt ihn stürmisch.

»Hallo, wie geht's meinem Lieblingsdichter?«

Er stellt seine Sachen ab, um Baudelaire ausgiebig zu kraulen, ehe er sich zu Fatima und Philippe setzt.

»Und? Was ist mit der Diagnose?«

Während ihm Philippe berichtet, was der Tierarzt gesagt hat, stupst Baudelaire den Hausherrn mit der Schnauze mehrmals am Ellbogen an.

Als Bébère endlich den Arm hebt, legt er ihm den Kopf in den Schoß.

»Wir helfen dir«, sagt Fatima, kaum dass Philippe die Lage geschildert hat.

Bébère sieht sie verblüfft an.

»Übermorgen bekomme ich zum ersten Mal meine Sozialhilfe überwiesen, es wird schon gehen.«

»Wir helfen dir trotzdem«, erwidert Fatima.

Philippe steht auf. Bébère sieht ihn an, als verstünde er die Welt nicht mehr, und macht eine vage Handbewegung. Auch Baudelaire hat sich erhoben.

»Was schulde ich dir für die Fleischbällchen?«

»Lass gut sein«, antwortet Fatima.

Philippe wirft Bébère einen fragenden Blick zu. Der Freund nickt stumm.

»Danke.«

»Und vergiss nicht, was ich dir gesagt habe«, fügt Fatima hinzu.

»Was sind das hier eigentlich für Küchenintrigen?«, fragt Bébère in gespielter Empörung.

»Eine Sache unter uns …«, antwortet ihm seine Frau.

Diagnose

Die Kältewelle, die aus Sibirien kam, ist weitergezogen, um wieder über die heimischen Steppen zu fegen. Sie überlässt das Feld einer milderen, feuchteren Luft mit gelegentlichem Nieselregen.

Im Wartezimmer in Maisons-Alfort kaut Philippe nervös an den Fingernägeln, während Baudelaire zu seinen Füßen friedlich vor sich hin döst.

Mit einem Umschlag in der Hand steht endlich der junge Tierarzt in der Tür und bittet die beiden, ihm zu folgen. Im Büro nehmen sie ihm gegenüber Platz.

»Meine Befürchtungen haben sich bestätigt …«, fängt er an, nachdem er den Umschlag vor sich abgelegt hat. »Es handelt sich tatsächlich um Lymphdrüsenkrebs …«

Philippe reibt sich mit der Hand übers Gesicht und schaut aus dem Fenster. Der Regen, der bei ihrer Ankunft in Maisons-Alfort vom Himmel fiel, hat aufgehört. Zwischen den Wolken ist die Sonne durchgebrochen, und ihr Licht fällt glitzernd auf den nassen Asphalt.

»Was kann man tun?«

»Zweierlei, allerdings ohne jede Garantie. Alles ist möglich: eine Besserung, eine Besserung mit Rückfall oder gar keine Besserung.«

»Und was wären das für Behandlungen?«

»Zunächst einmal eine Strahlentherapie. In einem zweiten Schritt, falls das Ergebnis nicht zufriedenstellend ist, eine Chemotherapie.«

Philippe betrachtet Baudelaire, der neben ihm auf dem Boden sitzt, und streichelt ihm sanft über den Rücken.

»Sagen Sie mir alles«, verlangt er.

»Die Therapie wird unter Vollnarkose durchgeführt und besteht aus zwölf Bestrahlungen in einem Zeitraum von vier Wochen. Das Gleiche gilt für die Chemotherapie. Man kann die beiden Behandlungen auch gleichzeitig durchführen, aber in der Regel ist das für das Tier sehr belastend. Eine Behandlung allein ist schon anstrengend genug.«

Baudelaire hat den Kopf auf Philippes Oberschenkel gelegt und schnarcht zufrieden vor sich hin.

»Und die Nebenwirkungen?«

»Da kann es viele geben. Die häufigsten sind Haarausfall, Appetitlosigkeit und fehlender Durst. Dadurch drohen Dehydrierung und Mangelernährung, die aufgrund der Belastung des Organismus durch die schwere Behandlung zum Problem werden können.«

»Das wird nicht passieren, da passe ich auf.«

»Hinzu kommt«, fährt der Tierarzt fort, »dass Sie für die zwölf Bestrahlungen ungefähr tausendzweihundert Euro veranschlagen müssen …«

Philippe hebt mit schicksalsergebener Miene die Brauen.

»Ich weiß, das ist sehr teuer und wird von den Versicherungen praktisch nicht übernommen.«

»Zumal ich gar keine habe …«

»Das denke ich mir …«

Die beiden Männer sehen sich an. Baudelaire hat die Augen geschlossen.

»Wie viel Zeit haben wir?«

»Die Lymphbahnen sorgen dafür, dass sich Antikörper und Makrophagen, die für ein funktionierendes Immunsystem notwendig sind, außerhalb der Blutgefäße im ganzen Körper verteilen. Das Lymphsystem kommuniziert mit den meisten lebenswichtigen Organen wie dem Herzen oder der Milz. Die Lymphe wird in den Lymphknoten von Abfällen aus den Zellen gereinigt. Insofern sind sie bei Krebserkrankungen der ideale Ort, um die Krankheit auf andere Organe auszuweiten.«

»Verstehe. Je schneller wir handeln, desto größer die Chance, dass ...«

Philippe spricht den Satz nicht zu Ende. Der Arzt nickt.

»Es tut mir leid.«

»Selbst mit meinen etwas mehr als vierhundert Euro Sozialhilfe ...«

»Ich kann versuchen, eine Ratenzahlung über mehrere Monate auszuhandeln«, schlägt der Tierarzt vor. »Ich kann Ihnen nichts versprechen, aber ...«

Er hält Philippe den Umschlag mit den Untersuchungsergebnissen hin.

»Ich bringe Sie zur Tür ...«

Krisensitzung

Das Brummen des Kühlschranks geistert durch Bébères Küche. Er und Philippe sitzen einander gegenüber an dem kleinen Tisch. Fatima lehnt an der Arbeitsfläche, und Ahmed, der inzwischen Stammgast geworden ist, hockt auf dem roten Holztörchen. Die Blicke schweifen gedankenverloren ins Leere. Nur Baudelaire sieht mit fragend aufgerichteten Ohren reihum in die betretenen Gesichter.

»Verdammter Hurendreck!«, entfährt es Ahmed schließlich, wofür er sich bei Fatima schnell mit einer Geste entschuldigt.

»Brauchst dich nicht zu entschuldigen«, sagt sie. »Ich bin ganz deiner Meinung.«

»Der Tierarzt hat getan, was er konnte«, bemerkt Philippe. »Aber die Entscheidung liegt halt nicht bei ihm allein …«

Die Gruppe verschanzt sich wieder hinter einer Mauer des Schweigens.

»Mit der Ratenzahlung hätten wir's hingekriegt …«, sagt Bébère nach einer Weile. »Aber so … Selbst wenn wir alle zusammenlegen …«

»Ich weiß«, antwortet Philippe. »Aber das hätte ich sowieso nicht zugelassen.«

Für einen Augenblick herrscht wieder Stille.

»Nein«, fängt Philippe nochmals an. »Ich muss einfach einen Job finden … Leicht gesagt: *einfach* … Und dann eine Wohnung … Die Leiterin von *Le Fleuron* gibt mir noch eine Woche mehr an Bord, aber danach … Und während der Behandlung mit Baudelaire draußen schlafen …«

Seine Finger trommeln nervös auf den Tisch.

»Immer dieser elende Teufelskreis«, fährt er fort. »Kein Job, keine Wohnung, keine Wohnung, kein Job …«

Er hält inne.

»Und dann auch noch der Zeitdruck … Sollte ich wirklich einen Job finden, werde ich frühestens in zwei, drei Monaten anfangen … wenn alles gut läuft … Und bis dahin …«

Er betrachtet Baudelaire. Der bellt ihn freundlich an und trabt zu ihm, um sich an seine Beine zu schmiegen.

»Wir müssen nachdenken«, wirft Bébère ein. »Wir müssen nachdenken …«

»Ich muss Geld auftreiben«, sagt Philippe entschlossen. »Wenigstens für die ersten zwölf Bestrahlungen … erst mal Zeit gewinnen … Immer das Problem mit der Zeit!«

Sein Blick irrt durch die Küche, bis sich seine und Fatimas Augen begegnen. Mit einem unmerklichen Schulterzucken wendet sie den Kopf ab, zieht ihre Schürze aus und führt Bébère und Ahmed nach draußen.

»Was ist denn jetzt schon wieder?«, protestiert Bébère.

»Los, los, *fialkharj*!«

Baudelaire sieht der Gruppe nach und wendet sich wieder zu Philippe, der regungslos sitzen geblieben ist. Er winkt den Hund zu sich. Während Fatima das rote Holztörchen hinter sich zuzieht, wirft sie Philippe einen vielsagenden Blick zu, dann verschwindet sie im Dunkel des Hofs.

Philippe steht auf und geht mit Baudelaire im Schlepptau zu dem Telefon, das im Regal unter Bébères Büchern steht. Einen Moment lang starrt er darauf, dann nimmt er den Hörer, legt ihn wieder auf, zögert, bis er schließlich noch einmal zum Hörer greift und eine Nummer wählt. Es klingelt. Zweimal. Dreimal. Beim vierten Klingeln: »Hallo?«

»Ich bin's, Mama … Philippe …«

Multikulti-Team

Philippes Mutter ist es zu verdanken, dass eine Woche später Baudelaires Strahlenbehandlung beginnt. Einige Tage vorher ist sie in die Hauptstadt gereist, um ihrem Sohn Bargeld in Höhe von zweitausend Euro aus ihren persönlichen Ersparnissen zu bringen. Sie hat sich einen Tag Urlaub genommen, ohne ihrem Mann etwas davon zu sagen, und so getan, als ginge sie wie jeden Morgen um acht Uhr zur Arbeit.

Gemeinsam haben Mutter und Sohn in der Rue Littré ein Postgirokonto eröffnet, über das Philippe von nun an seine Sozialhilfe beziehen wird. Anschließend haben sie bei Bébère und Fatima zu Mittag gegessen, um gemeinsam mit dem dazugestoßenen Ahmed einen regelrechten Schlachtplan zu entwickeln, dessen Umsetzung begonnen hat, sobald sich die Türen des Zuges geschlossen haben, mit dem Philippes Mutter in ihre normannische Heimat zurückgekehrt ist.

In einem nahe gelegenen Internet-Café geht Philippe jeden Morgen zwei Stunden lang die für ihn geeigneten Stellenangebote durch. In seinem Lebenslauf hat er als Wohnsitz Bébères Adresse angegeben. Ahmed und sein kleiner Bruder Mouloud haben sein altes Handy reaktiviert, damit er jederzeit erreichbar ist. Zudem öffnet Mouloud stündlich Philippes Mailbox, um zu kontrollieren, ob Antworten auf seine Bewerbungen eingegangen sind. Nachmittags nimmt Philippe, wenn er nicht mit Baudelaire in Maisons-Alfort ist, an einer Nachschulung teil, um so schnell wie möglich seinen Führerschein zurückzubekommen. Abends verfasst er in Bébères Küche handgeschriebene Motivationsschreiben für die Stellenanzeigen, die er sich vormittags herausgesucht hat, ruft seine Tochter an, um ihr eine Geschichte zu erzählen, und seine Mutter, um sie auf dem Laufenden zu halten.

Drei Wochen später kommen die ersten Termine für Bewerbungsgespräche zustande. Jetzt heißt es: Klarmachen zum Gefecht. Fatima schneidet Philippe die Haare und befiehlt ihm unter einem Schwall von Berber-Schimpfworten, sich seinen Pennerbart abzurasieren. Derweil treiben Ahmed und Mouloud Schuhe, Krawatten, Hemden und Anzüge auf, »billiger als gratis«, so der muntere Kommentar, nämlich Ware, die frisch vom Lastwagen gepurzelt sei.

Und so beginnt er wieder, der große Bewerbungs-Marathon zwischen Personalreferenten, Personalchefs und Psychologen aller Arten mit ihren seltsamen Verhörtechniken:

»Schlafen Sie mit nackten Füßen oder mit Strümpfen?«

»Wie ist das Verhältnis zu Ihrer Mutter?«

»Sind Sie eher der Typ Slip oder Boxershorts?«

»Haben Sie schon einmal Angst davor gehabt, auf der Straße zu enden?«

»Träumen Sie in Schwarz-Weiß oder in Farbe?«

»Mögen Sie Hunde?«

Ganz zu schweigen von den drängenden Fragen, die die einjährige Lücke in seinem Lebenslauf natürlich heraufbeschwört, eine Lücke, die Philippe kaschiert hat mit einer wohlformulierten »Beurlaubung zu Bildungszwecken«, durch die er seine »Kenntnisse der menschlichen Psyche« habe erweitern wollen. Die Ergebnisse all dieser Gespräche lassen sich in vier Worten zusammenfassen: »Wir rufen Sie an.«

Dann das Warten, die Wochen, die ins Land gehen, die Hoffnung, an der immer mehr der Zweifel nagt, denn es ruft nie jemand an, nicht einmal, um ihm einfach nur Nein zu sagen.

Im selben Zeitraum bringt Baudelaire jede Woche seine drei Strahlenbehandlungen hinter sich. Er lässt alles ohne Murren über sich ergehen, aber es geht ihm zusehends schlecht. Meistens liegt er in der Küche von Bébère, der darauf achtet, dass er genug frisst und trinkt.

Dann kommt der schicksalhafte Tag, an dem sie *Le Fleuron* verlassen müssen, um wieder den Asphaltnächten ins Auge zu blicken. Baudelaire, von den ersten Behandlungstagen geschwächt, setzt mühsam eine Pfote vor die andere. Fatima beschließt, dass sie in der Küche kampieren sollen, bis Baudelaire das Fell nachgewachsen ist, das er zu verlieren beginnt, oder Philippe eine Arbeit gefunden hat und somit auch eine Bleibe.

Doch als der April schon das Lügennetz eines ersten Wärmeeinbruchs über die Stadt legt, hat Philippe immer noch nichts gehört, nur das stete, unwandelbare »Wir rufen Sie an«, das in gleichgültigem Schweigen verklingt.

Sonnenstrahl

Philippe spaziert mit seiner Tochter und Baudelaire am Seineufer entlang. An diesem ersten Mittwoch im Mai hat die Sonne, deren Wärme erstmals den Geruch des Sommers in sich trägt, den heuchlerischen April endgültig vertrieben. Die Abende und Nächte sind noch kühl, aber das laue Licht des Tages klingt immer deutlicher in ihnen nach.

Überall werden die Röcke kürzer, die Dekolletés tiefer. Die Terrassen, Wiesen, Mäuerchen, jedes noch so kleine sonnige Eckchen wird von winterlich bleichen Körpern in Besitz genommen, die sich ungeduldig entblößen, um endlich wieder Farbe zu bekommen.

Baudelaire trottet ihnen einige Meter voraus. Er ist dünn geworden und ziemlich kahl, aber das Fell beginnt an einigen Stellen schon nachzuwachsen.

»Die Ergebnisse sind zufriedenstellend«, hat der Tierarzt nach Beendigung der Strahlentherapie gesagt. »Wir sehen uns Mitte Juni zur Kontrolle wieder.«

Philippe ist vor den Auslagen eines Bouquinisten stehen geblieben und entdeckt ein Buch, dessen weißer Einband im Lauf der Jahre vergilbt ist: *Pariser Spleen*, Charles Baudelaire, Éditions Cluny. Er schlägt es auf. Es ist in sehr gutem Zustand. Auf der letzten Seite steht: »Dieses Buch wurde gedruckt in der Buchdruckerei Darantière in Dijon im März MCMXXXVII«.

»Wie viel?«

»Fünfzehn Euro.«

Er kauft es, und sie setzen ihren Spaziergang fort.

»Was ist das?«, fragt Claire.

»Ein Geschenk für Bébère.«

»Aber was ist das?«

»Prosagedichte von Charles Baudelaire.«

»Wer ist das?«

»Ein großer französischer Dichter aus dem 19. Jahrhundert, und er ist Bébères Lieblingsdichter. Deshalb nennen wir Baudelaire auch Baudelaire.«

»Warum?«

Sie setzen sich auf eine Bank. Baudelaire schiebt den Kopf unter Claires Arm. Philippe schlägt vorsichtig das Buch auf. Sein Handy klingelt. Auf dem Bildschirm: »Ahmed.« Philippe nimmt das Gespräch nicht an, sondern schaltet das Handy aus und beginnt, Claire *Die braven Hunde* vorzulesen.

»Das ist schön, findest du nicht?«, fragt er, als er fertig ist.

Claire nickt mehrmals, während sie nachdenklich die Beine baumeln lässt.

»Papa?«

»Ja, Prinzessin?«

»Wie machst du das eigentlich, um Geld zu kriegen?«

»Wie meinst du das?«

»Na ja, ohne Arbeit?«

»Ah …«

Philippe betrachtet ein Schiff, das mit einer Ladung Touristen auf der Seine vorbeifährt.

»Soll ich's dir zeigen?«, fragt er seine Tochter.

»Ja!!!«

»Okay.«

Er steht auf, führt Claire zu einem Mäuerchen gegenüber der Bank und bedeutet ihr, sich daraufzusetzen. Baudelaire beobachtet die beiden mit aufgerichteten Ohren.

»Und vor allem: Sag nichts … Ach ja, gib mir deine Mütze.«

Claire gehorcht. Philippe zieht die Jacke aus, gibt sie seiner Tochter, knöpft sich das Hemd auf, zerzaust sich die Haare.

»Ein bisschen zu sauber bin ich zwar, aber egal …«

Er zwinkert Claire zu, geht wieder zur Bank, setzt sich, zieht Schuhe und Strümpfe aus, um sich Letztere, an den Schnürsenkeln zusammengebunden, um den Hals zu hängen, schiebt die Füße unter sein Gesäß, legt die Mütze auf den Boden, schlägt das Buch auf, das er gerade gekauft hat, und beginnt auf gut Glück zu lesen.

Baudelaire hat sich neben Philippe auf die Bank gesetzt. Sobald jemand vorbeigeht, fixiert er ihn mit aufgestellten Ohren und zur Seite geneigtem Kopf. Manche ignorieren ihn komplett, andere gehen lächelnd weiter. Ein Mann bleibt irritiert stehen und fängt an, in seinen Hosentaschen zu wühlen, aber Baudelaires Mätzchen bringen Claire zum Lachen. Der Mann sieht sie an, besinnt sich anders und geht weiter. Claire bricht in schallendes Gelächter aus.

»Nein, wenn du lachst, funktioniert es nicht!«, erklärt ihr Philippe und muss selbst lachen über das freudestrahlende Gesicht seiner Tochter.

Er zieht sich wieder an, und sie setzen ihren Spaziergang fort. Als sich das Licht orange zu färben beginnt, gehen sie in Richtung Châtelet und steigen in die Metro hinab.

»Dieses Mal lachst du aber nicht …«, sagt er zu Claire, als der Zug einfährt.

Im Wagen platziert Philippe seine Tochter auf einen der Klappsitze, nimmt Claires Mütze und stellt sich mit Baudelaire vor die geschlossene Tür. Er legt die Mütze auf den Boden, schlägt das Buch auf, das er gekauft hat. Doch anstatt zu lesen, schaut er seine Tochter an und beginnt mit lauter Stimme die Geschichte vom Sternenprinzen und der Prinzessin der Morgenröte zu erzählen. Während die ersten Sätze durch den Wagen hallen, senkt sich die übliche Indifferenz wie ein bleierner Vorhang über die Gesichter. Doch als Philippe einfach weiterspricht, als läse er ohne Unterbrechung, werden die Masken rissig und beginnen zu bröckeln, bis sie ganz auseinanderbrechen. Das Klimpern in Claires Mütze wird von Station zu Station lebhafter.

Auf dem Bahnsteig in Montparnasse spricht eine Nonne Philippe an.

»Danke. Danke, dass Sie ein bisschen Poesie in das Leben dieser Menschen bringen.«

Sie lächelt den beiden zu und setzt ihren Weg fort. Claire wirft sich ihrem Vater in die Arme. Dann gehen die beiden wieder hinaus ins Freie.

Als sie bei Bébère eintreffen, kommt ihnen Ahmed entgegengestürzt.

»Beim Leben meiner Mutter, wo warst du denn! Ich hab den ganzen Tag versucht, dich zu erreichen! Ich habe dir … ich weiß nicht, mindestens dreißig Nachrichten aufgesprochen!«

Philippe lässt die Hand seiner Tochter los. Er wirft Fatima und Bébère einen fragenden Blick zu, ihre Gesichter sind ernst, verschlossen. Sogar Mouloud, Ahmeds kleiner Bruder ist da.

»Was ist denn los? Ein Problem?«, fragt er besorgt.

Ahmed zückt eine von Mouloud ausgedruckte E-Mail

und hält sie ihm hin. Philippe faltet das Blatt auseinander, liest es schweigend. Als er den Kopf wieder hebt, sind seine Augen weit aufgerissen.

»Was los ist? Du hast den Job, du Penner!«

Wohnungseinweihung

Ein paar Tage nachdem Philippe seinen zum 1. Juni beginnenden Arbeitsvertrag unterzeichnet hatte, fand er ein achtzehn Quadratmeter großes Dachzimmer im Stadtteil Alésia.

Eines Mittags war eine Frau um die fünfzig, Typ großbürgerlicher Genussmensch, bei Bébère aufgetaucht und hatte den »Spezialteller Bébère« bestellt. Das Paar hatte Bekanntschaft mit ihr geschlossen. Sie kam gerade aus einem Feinschmeckerrestaurant und hatte noch einen Bärenhunger.

»Das müssen Sie sich mal vorstellen«, sagte sie. »Da zahlt man Unsummen für drei Radieschen, die in einem Klecks Sauce liegen! Was soll nur aus Frankreich werden? ... Hm, sehr lecker, ihr Spezialteller Bébère ... Wenn das keine stärkende Mahlzeit ist!«

Im Lauf des Gesprächs hatte sie Bébère und Fatima erzählt, dass ihr ungefähr fünfzig ehemalige Dienstmädchenzimmer im 19. Arrondissement gehörten, die sie ausschließlich an ausländische Studenten oder Sozialhilfeempfänger vermietete. Als Witwe eines reichen Industriellen hatte sie einen Teil ihres Vermögens in kleine Immobilienanlagen investiert, bei denen sie sich auf einen schnellen, regelmäßigen Ertrag verlassen konnte.

»Aber sicher doch!«, hatte sie ausgerufen, als sie Fatimas und Bébères verdutzte Gesichter sah. »Es gibt nichts Besseres als Sozialhilfeempfänger! Das Amt überweist mir direkt deren Wohngeld, das ziemlich genau der Miete entspricht, die ich für meine Zimmer nehme. Zwanzig Jahre mache ich jetzt schon in Sozialhilfe, noch nie eine verspätete Zahlung, nicht eine einzige! Pünktlich zum 5. jeden Monats, präzise wie ein Schweizer Uhrwerk …«

»Und was ist mit jemandem, der gerade wieder Arbeit gefunden hat, jetzt aber noch Sozialhilfeempfänger ist?«, hatte Bébère sie geistesgegenwärtig gefragt.

»Kommt drauf an«, erwiderte die Frau, bei der das Wort »Arbeit« sofort einen gewissen Argwohn erregt hatte. »Ich hätte da was, das in der letzten Maiwoche frei wird. Jetzt noch Sozialhilfeempfänger, sagen Sie?«

Bébère hatte sich entschuldigt und war in der Küche verschwunden, um Philippe anzurufen.

»Rück sofort hier an!«

Philippe war so schnell wie möglich gekommen. Die Vorstellung, dass er bald wieder arbeiten und die Sozialhilfe verlieren würde, missfiel seiner potenziellen Vermieterin zunächst, aber dann war sie angesichts von Baudelaire und seinen charmanten Faxen buchstäblich dahingeschmolzen.

»Ich habe zu Hause sieben davon!«, hatte sie verkündet.

Daraufhin hatte ihr Philippe von Baudelaires Strahlentherapie erzählt, die den Zustand seines Fells erklärte.

»In Ordnung«, hatte sie schließlich gesagt, während sie sich vom Tisch erhob. »Sie haben das Zimmer. Hier ist meine Karte.«

Philippe hatte sie genommen und auch die ausgestreckte Hand geschüttelt.

»Ich bin Madame Daubarot, aber eigentlich heiße ich überall nur ›die Chefin‹!«

An diesem Nachmittag sind alle gekommen, um Philippe beim Einzug zu helfen: Ahmed, Mouloud, Bébère und Fatima. Die beiden haben ihm ein altes Bettgestell und Möbel geschenkt, die bei ihnen im Keller doch nur herumstanden. Ahmed und Mouloud haben ihm eine Matratze und einen Kühlschrank besorgt, diesmal Ware, die von Gott weiß was gepurzelt ist, sowie einen Kasten Champagner, damit sie noch an diesem Abend den Einzug in die neue Bleibe feiern können. Die Junihitze hat sich wie eine bleierne Haube über die Stadt gelegt. Die Auf- und Abstiege – siebter Stock ohne Aufzug – werden schwitzend und gut gelaunt bewältigt, auch wenn sie dabei regelmäßig über Baudelaire hinwegsteigen müssen, der ihnen unentwegt auf den Fersen ist. Seit zwei Wochen nimmt er wieder zu, und sein Fell beginnt nachzuwachsen.

Als er, während das Bettgestell hochgehievt wird, zwischen mehreren Beinen hindurchschlüpfen will, bleibt er schlagartig stehen, dreht den Kopf nach links und nach rechts, hebt und senkt ihn einmal und fällt leblos um.

Flur zum Tod

Baudelaire ist wieder zu sich gekommen. Philippe und Bébère beugen sich über den Tisch, auf dem er liegt, sie halten und streicheln ihm den Kopf. Der junge Tierarzt hat gerade eine Punktion gemacht.

»Das hatte ich befürchtet«, sagt er.

Noch nie hat Bébères alter Fiat Paris so schnell durchquert, um nach Maisons-Alfort zu gelangen.

»Was ist denn los?«, fragt Philippe.

»Blut im Magen und Darm«, antwortet der Arzt. »Deshalb hat er auch zugenommen.«

»Und was bedeutet das?«, stammelt Bébère.

»Die Besserung, die nach der Strahlenbehandlung eingetreten ist, war nicht von Dauer. Der Krebs hat bereits Metastasen gebildet und auf Milz und Leber übergegriffen.«

Schweigen. Der Arzt sieht Philippe und Bébère an.

»Entweder wir geben ihm jetzt ein Medikament, das die inneren Blutungen stoppt, oder wir öffnen den Bauchraum, um zu sehen, wie weit der Krebs fortgeschritten ist und ob noch Zeit ist, den Tumor operativ zu entfernen. Aber …«

»Aber?«, unterbricht ihn Philippe.

»Es ist eine riskante Operation. Es kann passieren, dass Baudelaire nicht mehr aus der Narkose aufwacht.«

Stumme Blickwechsel.

»Die Entscheidung liegt natürlich bei Ihnen«, fügt der Tierarzt hinzu.

Philippe lässt Baudelaire los und geht mit einer Hand vor dem Mund durch den Raum. Draußen in den Bäumen rauschen die Blätter. Licht und Sommer haben einen klaren Sieg über die langen, dunklen Wintermonate errungen.

»Tun Sie es«, sagt er schließlich leise.

Der Tierarzt ruft mehrere Helfer und lässt den OP-Raum vorbereiten. Sie nehmen Baudelaire und legen ihm Leine und Maulkorb an, ehe sie ihn in einem Flur vor der Tür des OP-Raums anbinden.

Philippe und Bébère hocken sich vor ihm nieder, streicheln ihn und lächeln ihm aufmunternd zu, aber Baudelaire tritt unruhig auf der Stelle, winselt und versucht vergeblich zu bellen.

»Wir müssen jetzt anfangen«, sagt der Tierarzt.

Philippe streichelt ihn ein letztes Mal und geht in Begleitung von Bébère langsam durch den weißen Flur davon. Baudelaire will ihnen nachlaufen, aber die Leine hält ihn zurück. Er zieht mit aller Kraft daran, während sein Jaulen hinter den Riemen des Maulkorbs immer verzweifelter wird.

Philippe dreht sich um.

»Geben Sie ihm eine Spritze«, weist der Tierarzt die Helfer an.

Sie versuchen, Baudelaire festzuhalten, aber er tritt wild um sich, wimmert und stöhnt, als müsste er jede Sekunde ersticken.

Philippe macht kehrt.

»Binden Sie ihn los.«

Alle sehen ihn verdutzt an.

»Binden Sie ihn los!«
Der Tierarzt geht zu ihm.
»Er wird sterben«, sagt er.
»Aber nicht so.«

Pariser Spleen

Vor der Académie française, an der Ecke zum Pont des Arts, hält Bébères Fiat in der zweiten Reihe an. Baudelaire liegt eingewickelt in die Decke, in der er die Hin- und Rückfahrt nach Maisons-Alfort zurückgelegt hat, auf Philippes Schoß.

Philippe nimmt Baudelaire auf den Arm und steigt aus. Bébère beugt sich zur offenen Beifahrertür.

»Bist du sicher, dass …«

Philippe nickt. Bébère erwidert das Nicken schweigend, zieht die Tür zu und fährt davon.

Ein wunderbarer Tag geht über Paris zur Neige und taucht den Himmel in eine Mischung aus Rot- und Orangetönen. Auf der Fußgängerbrücke halten sich Gruppen von Menschen auf, die picknicken, Bier trinken, zu Musik jonglieren oder einfach nur von einem Ufer zum anderen gehen.

Philippe setzt sich, zur untergehenden Sonne gewandt, auf eine freie Bank. Er deckt Baudelaire gut zu, bettet den Kopf in seine Ellenbeuge, damit er die Abenddämmerung sehen kann, und wiegt ihn sanft. Baudelaire zittert leicht, man sieht ihm an, dass er Schmerzen hat.

»›Spleen‹ ist eigentlich das englische Wort für ›Milz‹, weißt du …«

Er betrachtet Baudelaire. Seine Augen gehen zu. Er kämpft dagegen an. Seine Glieder sind steif und kalt.

»Es war einmal«, fängt Philippe an und blickt zum Horizont, »in längst vergangenen Zeiten, ein junger Mann und eine junge Frau. Sie liebten sich, aber sie gehörten zu verfeindeten Volksstämmen. So konnten sie sich nur nach Einbruch der Nacht treffen. Zu dieser Zeit existierten die Sterne noch nicht. Die Nacht war das Reich, in dem die Götter und Geister der Hölle einen erbitterten Krieg führten. Abends gingen alle Menschen heim, um ihre Häuser erst in der Morgendämmerung wieder zu verlassen. Alle bis auf den jungen Mann und die junge Frau. Wenn sie zusammen waren, empfanden sie ein solches Glück, dass ihre Körper zu leuchten begannen, und dieses Licht störte die Dunkelheit und die Pläne der göttlichen Kontrahenten. Die himmlischen Mächte und die unterirdischen Kräfte verkündeten einen außerordentlichen Waffenstillstand. Sie beschlossen, sich zu verbünden, um die Liebenden zu fangen. Die beiden wurden getrennt. Den jungen Mann sperrte man in den Himmel und in die Nacht; das junge Mädchen wurde dazu verurteilt, nur auf der Erde und am Tag zu leben. Der junge Mann weinte so bitterlich, dass seine Tränen kleine, glitzernde Löcher in den Schleier der Nacht rissen, und daraus wurden die Sterne. Durch diese funkelnden Öffnungen suchte er unermüdlich den Erdball ab, um seine Geliebte wenigstens zu sehen. Das junge Mädchen aber stand in der Morgenröte auf und starrte minutenlang, während die Sterne vor dem erbleichenden Himmel erloschen, wie gebannt und ohne ein einziges Mal zu blinzeln, in die tausend Augen ihres Geliebten. Dann weinte auch sie und bedeckte die Erde mit einer feuchten Tränenschicht, die wir als Morgentau kennen …«

Philippe hört auf, Baudelaire in seinen Armen zu wiegen. Er betrachtet ihn, streichelt ihm über die Schnauze und über die Ohren. Baudelaire hat die Augen geschlossen. Er zittert nicht mehr. Er atmet nicht mehr. Er ist zur Ruhe gekommen.

Sternenstaub

In den Straßen ist es voll.

Mit einer großen elsässischen Plätzchendose unter dem Arm geht Philippe die Rue de Rennes entlang. Wie jeden Samstag ist die Stadt von einer leichten Euphorie erfüllt, die durch die Verheißungen der kommenden Nacht angefacht wird. Ein lauer Wind weht über die Bürgersteige.

Manche Frauen, die ihm entgegenkommen, sehen ihn durchdringend an, ehe sie, ein spöttisches Lächeln nicht ganz verbergend, den Blick abwenden.

Am Ende der Rue de Rennes nimmt er den Boulevard Saint-Germain, biegt wieder ab und gelangt zur Place Saint-Michel. Hier trifft man sich für einen gemeinsamen Abend oder verabschiedet sich, um getrennte Wege zu gehen. Die Terrassen sind überfüllt.

Als er am Springbrunnen vorbeikommt, spricht ihn eine junge Frau an: »Philippe?«

Er dreht sich überrascht um.

»Ich bin Claire. Wir sind uns im letzten Sommer einmal begegnet, in dem kleinen Park am Hôtel des Invalides.«

»Ja! Daran erinnere ich mich gut … Und? Haben Sie die Stelle bekommen?«

»Nein, aber woanders.«

»Umso besser.«

Einen Moment lang sieht sich Claire unruhig um, als hätte sie nicht den Mut, ihm direkt ins Gesicht zu schauen.

»Sie sehen so aus, als würde es Ihnen gut gehen«, sagt sie schließlich.

»Sie auch.«

Schweigen.

»Es tut mir leid.«

»Was?«

»In den Tagen danach bin ich nicht wiedergekommen.«

»Das verstehe ich.«

Sie lächelt.

»Was machen Sie jetzt?«, fragt sie und deutet auf die Plätzchendose.

»Ich werde einem Freund die letzte Ehre erweisen.«

Claire runzelt die Stirn.

»Das ist eine lange Geschichte«, fügt er hinzu.

Wieder Schweigen.

»Ich habe mich mit Freunden verabredet, aber …«

Claire wühlt in ihrer Tasche. Sie zieht ein kleines Notizbuch und einen Stift heraus.

»… ich gebe Ihnen meine Handynummer, wenn Sie mal einen Kaffee mit mir trinken wollen, als Wiedergutmachung für …«

»Nein, lassen Sie«, unterbricht er sie. »Das müssen Sie nicht.«

»Ich weiß, dass ich das nicht muss …«

Philippe sieht sie belustigt an.

»Dann machen wir es anders …«

»Ja?«

»Ich gebe Ihnen meine Handynummer. Dann können Sie mich anrufen, wann immer Sie Lust dazu haben.«

»Einverstanden!«

Er gibt ihr seine Nummer.

»Gut … Dann also bis bald?«, fragt Philippe, während er weitergeht.

»Ja, bis bald«, antwortet Claire und geht in die andere Richtung davon.

Philippe überquert den Platz und läuft am Seineufer entlang, bis er den Pont des Arts erreicht. Auch an diesem Abend wird gepicknickt, Bier oder Rosé getrunken, zu Musik getanzt, jongliert oder von einem Ufer zum anderen geschlendert.

Auf der Bank, auf der er mit Baudelaire saß, küsst sich ein Liebespaar. Er spaziert ein Stück weiter und stellt sich mit aufgestützten Ellbogen ans Geländer. Langsam wird es Nacht.

Philippe betrachtet das dunkle, ruhig dahinfließende Wasser der Seine. Dann richtet er sich auf, stellt die Plätzchendose auf das Geländer und hält sie mit der linken Hand fest. Mit der anderen nimmt er sein Handy und wählt eine Nummer. Es klingelt dreimal: »Hallo?«

»Sandrine, ich wollte nur bestätigen, dass ich Claire nächstes Wochenende zu mir nehme.«

»Gut …«

»Gibst du sie mir mal?«

Keine Antwort. Nur das Geräusch des Telefons, das auf einen Tisch gelegt wird. Dann tapsen eilige Schritte über den Boden.

»Papa!«

»Meine kleine Prinzessin! Sehen wir uns nächstes Wochenende?«

»Ja!«

»Weißt du, Baudelaire wird nicht bei uns sein.«

»Warum denn?«

Philippe schaut zum Horizont. Ein kleiner Himmelsfetzen wird von den letzten Sonnenstrahlen noch schwach erhellt. Die Nacht ist fast hereingebrochen.

»Baudelaire ist zum Sternenprinzen und zur Prinzessin der Morgenröte zurückgekehrt …«

»…«

»Ich werd's dir erklären. Aber sei nicht traurig. Von dort, wo er ist, passt er auf uns auf … Willst du eine Geschichte hören?«

Claire antwortet nicht, aber er hört sie nicken. Und so erzählt er ihr ihre Lieblingsgeschichte.

»Nächstes Wochenende erzähle ich dir noch ganz viele andere, einverstanden?«

»Einverstanden.«

»Gute Nacht, Prinzessin, und träum schön.«

Philippe legt auf. Er hebt den Blick zum Himmel. Inzwischen ist es ganz dunkel. Die ersten Sterne dringen durch die Finsternis.

Sein Handy piept, um ihm mitzuteilen, dass eine SMS eingegangen ist. Er sieht nach. Auf dem Bildschirm außer der Nummer des Absenders nur eine kurze Nachricht: »Claire, die junge Frau aus dem Park.« Philippe lächelt und schiebt das Handy wieder in seine Jacke.

Er öffnet die Plätzchendose. Langsam verstreut er Baudelaires Asche. In wirren Spiralen schwebt sie empor, wirbelt glitzernd durch die Luft und steigt zum Himmel hinauf, um sich in den funkelnden Lichtern der Stadt zu verlieren wie eine Wolke aus Sternenstaub.

Dank

Meinen drei Feen:
Tatiana de Rosnay, Jessica Nelson, Anne Fontaine

Meinen Geschwistern im Herzen, meinen unnachgiebigen und wohlgesinnten Leserinnen und Lesern: Juan Torreiro, Benoît Rivière, Vladimir Consigny, Yaël Hirsch, Claire Chevrier, Tristane Banon, Layticia Audibert, Christel Noir, David Koubbi, Laure Baril, Axel Kiener, Sara Mortensen, Richard Hervé, Julien Négui, Sophie Couret-Delègue, Emmanuelle Hardouin, Lisa Liautaud, Delphine de Vigan, Stéphanie Hochet, Stéphane Nolhart.

Meiner Verlegerin und meinem Verleger: Héloïse d'Ormesson und Gilles Cohen-Solal.

Sowie Emmanuel für sein Wohlwollen, Sarah für ihre Adleraugen und dem ganzen Team von EHO für seine Arbeit und Aufmerksamkeit.

Und natürlich meiner Frau, Christine Cobert.

Ein Teil der Tantiemen dieses Buches kommt *Le Fleuron* zugute, dem Kahn, von dem in diesem Roman die Rede ist.

Für alle, die etwas spenden oder Hilfe anbieten wollen, hier eine unvollständige Liste von Vereinen, deren Arbeit und Engagement mehr als je zuvor Unterstützung verdient hat.

Es gibt keine kleinen Gesten, jeder Einsatz ist groß.

Harold Cobert

Deutschland

AWO Arbeiterwohlfahrt Bundesverband e.V.
Heinrich-Albertz-Haus
Blücherstr. 62/63, 10961 Berlin
030/26309-0
info@awo.org
www.awo.org

BAG Wohnungslosenhilfe e.V.
Quellenhofweg 25, 33617 Bielefeld
0521/14396-0
info@bagw.de
www.bagw.de

Bundesverband Deutsche Tafel e.V.
Französische Str. 13, 10117 Berlin
030/200 5976-0
info@tafel.de
www.tafel.de

Deutsches Rotes Kreuz – Generalsekretariat
Carstennstr. 58, 12205 Berlin
030/85404-0
DRK@DRK.de
www.drk.de

Evangelische Obdachlosenhilfe e.V.
– vormals: Deutscher Herbergsverein seit 1886 –
Reichensteiner Weg 24, 14195 Berlin
030/83001-371
wohnungslose@diakonie.de
www.evangelische-obdachlosenhilfe.de

Gemeinsam gegen Kälte
Bundesweiter Obdachlosenhilfsverein
Bilkerstr. 15, 40213 Düsseldorf
0211/320404
info@gemeinsam-gegen-kaelte.de
www.gemeinsam-gegen-kaelte.de

Katholische Arbeitsgemeinschaft Wohnungslosenhilfe
Katholische Bundesarbeitsgemeinschaft im
Deutschen Caritasverband
Karlstr. 40, 79104 Freiburg
0761/200-378
kagw@caritas.de
www.kagw.de

Malteser Bundeszentrale
Kalker Haupstr. 22–24, 51103 Köln
0221/9822-01
malteser@maltanet.de
www.malteser.de

Obdachlosenhilfe DIE BRÜCKE e.V.
Elisabethkirchstr. 17, 10115 Berlin
030/44039700
info@obdachlosenhilfe-die-bruecke.de
www.obdachlosenhilfe-die-bruecke.de

Volkssolidarität Bundesverband e.V.
Bundesgeschäftsstelle
Alte Schönhauser Str. 16, 10119 Berlin
030/278970
bundesverband@volkssolidaritaet.de
www.volkssolidaritaet.de

Österreich

BAWO Bundesarbeitsgemeinschaft Wohnungslosenhilfe
Gerichtsgasse 3/2/3, 1210 Wien
01/8127202
office@bawo.at
www.bawo.at

Malteser Hospitaldienst Austria
Bundeszentrale
Johannesgasse 2, 1010 Wien
01/5125395
mhda@malteser.at
www.malteser.at

Österreichisches Rotes Kreuz
Wiedner Hauptstr. 32, 1040 Wien
01/58900-0
service@roteskreuz.at
www.roteskreuz.at

Schweiz

Caritas Schweiz
Löwenstr. 3, 6002 Luzern
041/4192222
info@caritas.ch
www.caritas.ch

Schweizerisches Rotes Kreuz
Rainmattstr. 10, 3001 Bern
031/3877111
info@redcross.ch
www.redcross.ch

Schweizerische EMMAUS Vereinigung
Fédération EMMAUS Suisse
Postfach 406, 3000 Bern 25
031/3481202
fes.emmaus@bluewin.ch
www.emmaus-schweiz.ch